D0880665

## DATE DUE

| 10-1-18 | | | |
|---------|---|---|---|
| | | | |
| | | | |
| | | | |
| | | | |
| | | | |
| | | | |
| | | | |
| | | | |
| | | | |
| | | | |
| | | | |
| | | | |
| | | | |

# Muertes de perro

Sección: Literatura

Francisco Ayala:
Muertes de perro

El Libro de Bolsillo
Alianza Editorial
Madrid

# Uno

Estamos demasiado acostumbrados hoy día a ver en el cine revoluciones, guerras, asaltos y asonadas, todas esas espectaculares violencias, en fin, donde la bestia humana ruge; pero quien sólo en el cine las haya visto, mal podrá —pienso yo— imaginarse la sencillez estupenda con que en la realidad se desenvuelven cuando por desgracia le toca a uno —como a mí, ahora— presenciarlas de veras. Transcurrido el tiempo, acontecimientos tales serán sin duda admiración de las generaciones nuevas; y el que los ha vivido pasará a sus ojos, sin otro motivo, por un héroe. En cuanto a mí, desde luego renuncio a semejante gloria, y me aplico a preparar este relato con el desengaño de la pura verdad. Instalado siempre en mi sillón de ruedas, testigo de tanto y tan cruel desorden, aquí estoy, en medio del torbellino, sin que hasta el momento nadie me haya molestado. Si mi invalidez sigue valiéndome, si acaso no se le ocurre todavía a algún mala sangre divertirse a costa de este pobre tullido y meterme de un empujón en la grotesca danza de la muerte, es muy probable que lleguemos al final, y pueda contarlo... Porque esto ha de tener un final; y será menester que alguien lo cuente.

Mientras tanto, mi nulidad me preserva. De mí, ¿quién va a ocuparse? Y hasta me sobra el tiempo y el sosiego para observar, inquirir, enterarme, averiguarlo todo, e incluso para hacer acopio de documentos; sí, juntar los papeles sobre cuyo valor documental habrá de fundarse luego la historia de este turbulento período. Por supuesto, no voy a alardear de tal servicio, ni es tampoco gran mérito dedicarme a recogerlos y coleccionarlos; pues ¿en qué mejor cosa podría ocuparme? Vástago de una familia de escribas, y clavado por añadidura a este sillón desde los días ya bastante remotos de la adolescencia, a mí me corresponde por derecho propio esta sedentaria tarea, cuando todos se afanan por matarse unos a otros. Cada cual a lo suyo, digo yo; y en esto no hay alarde, antes al contrario... Cierto es, lo sé bien, que mi condición no constituiría impedimento mayor para quien gustase de participar en las luchas de su tiempo; y no digamos, si por ventura poseía el genio de la política: ahí tenemos, no tan lejano, el caso de Roosevelt como ejemplo y espejo de paralíticos activos; y aun sin irse a lo alto, ¿acaso este viejo Olóriz, lisiado ya y no menos impedido que yo, medio imbécil de senilidad, no es quien está, en cierto modo, dirigiendo ahora entre nosotros, con su mano temblona, la horrible zarabanda? ¿No es él quien decreta muertes bajo pretexto de pública salvación, quien ordena interrogatorios y dispone torturas, y maneja, en suma, desde su rincón, los hilos todos de los títeres? Él es, aunque mentira parezca.

Pero yo, pobre de mí, que jamás sentí el aguijón de tales deseos, he hecho y hago, en cambio, virtud de mi enfermedad para reforzar con ella mi tradición doméstica de lector y de escribidor, hasta haberme convertido a los ojos de los demás en esa *rara avis*, o bicho raro, que en mí ven: especie de absurdo mochuelo, con el pecho pode-

roso y las patas secas. ¡Dejarlos! Ellos pugnan,
ellos luchan, ellos se desgarran, ellos se arrancan
la vida y, movidos por oleadas de ciega pasión,
actúan como protagonistas. Sin embargo, ¿quién
les dice que no haya de ser mi nombre, el nombre de Luis Pinedo, del insignificante Pinedito, el
que se haga ilustre, a fin de cuentas, por encima
de todas las cabezas, con el solo mérito de haber
salvado de la destrucción y el olvido estos documentos cuya importancia nadie reconoce ahora,
y en los que nadie repara?... Silenciosamente, los
recojo yo mientras tanto para redactar en su día
la crónica de los sucesos actuales; y es curioso
que los sucesos mismos, en su vendaval, se en-
cargan de irlos trayendo hasta mis manos. Si las
turbas no hubieran asaltado varias legaciones, es
claro que nunca habrían llegado a mi poder las
piezas de sus archivos, dispersos al viento, que
aquí tengo. Sin la desbandada del convento de
Santa Rosa, cuya abadesa buscó en la Embajada
de España, luego saqueada por un grupo de in-
sensatos, breve, inseguro y efímero refugio, no
poseería yo en custodia el mazo de cartas y borradores que obran en mis carpetas... Y como ésos,
son bastantes —y muy sabrosos, por cierto, algunos de ellos— los escritos que, a favor de las
circunstancias, he conseguido reunir y clasificar
hasta el momento.

Los hay, en efecto, para todos los gustos y en
todos los géneros; pero ninguno, sin embargo,
tan precioso para mí, ni tan inesperado, debo decirlo, como las memorias que, con meticulosidad
increíble y cierta buena mano literaria, venía per-
geñando en secreto, día tras día, sobre papel tim-
brado de la Presidencia, el mismo oscuro, turbio
y atravesado sujeto que había de desencadenar
los acontecimientos trágicos, para ser en seguida
su primera víctima: el secretario particular Tadeo Requena. Bien puede imaginarse la impor-

tancia reveladora de ciertas claves contenidas en
el largo y a veces también impertinente relatorio,
o especie de autobiografía, de este atroz personaje
que, desde su segundo plano, tan decisiva actuación tuvo en todo; importancia tal, que su escrito deberá ser la piedra angular de cualquier
construcción histórica erigida en el futuro.

No disimularé que me ilusiona la perspectiva
de ser yo mismo, si es que arribamos a buen
puerto, el arquitecto de esa obra grandiosa. Es
una tarea digna; vale la pena, y presiento que me
está reservada. Por lo pronto, ganaré tiempo apli-
cándome a la labor preparatoria de juntar y ordenar los materiales, allegar las fuentes disper-
sas y trazar algún que otro comentario, aclaración
o glosa que concierte y relacione entre sí los
acontecimientos, depure los hechos y establezca
el verdadero alcance y el cabal sentido de cada
suceso. De esta manera, calmo mi ansiedad, lleno
las horas y, en el caso en que la suerte no me
acompañe hasta el final o me fallen las fuerzas,
quedará siempre ahí un mamotreto crudo y un
tanto caótico, sí, pero de cualquier modo útil;
más diré: indispensable; pues en este bendito
país nuestro pronto se pierde la memoria de todo,
de lo bueno como de lo malo; y no es éste nuestro
menor defecto, la verdad sea dicha: vivimos al
día, sin recuerdo del pasado ni preocupación del
porvenir, entregados a un fatalismo que nos lleva,
en lo individual como en lo colectivo, de la abulia
al frenesí, para recaer de nuevo en el letargo
tras cada convulsión. Eso, quizá por suponerse
que nada de lo que ocurra o pueda ocurrir aquí
tiene entidad real.

Y es innegable —perdóneseme la digresión—:
nuestro país no cuenta para mucho en el mundo;
nosotros mismos lo tenemos en poco; debajo de
todo nuestro patriotismo verbal, lo despreciamos,
hay que reconocerlo; nos avergonzamos de él. De

cualquier modo, queramos o no, el hecho es que
se trata de un país chiquito, demasiado chiquito,
un pobre rincón del trópico, apartado, perdido
entre las que nosotros, con evidente hipérbole,
llamamos, en comparación, «las grandes potencias
vecinas»; y todavía, por si fuera poco, encerrado tras esa franja de terreno que nos aprieta,
estrangula y ahoga: la especie de puerto franco,
antiguo nido de piratas y hoy emporio comercial,
que han podido conservar ahí los holandeses no
sé por qué milagro de la astucia, de la Providencia o de la simple casualidad. A nosotros, en
cambio, ninguna de esas tres instancias nos ha
favorecido; y así —tal pensamos, o lo sentimos,
sin atrevernos a pensarlo—, en este desdichado
pedacito de tierra nada puede intentarse en serio,
ni aun siquiera vale la pena... Mas, por otro
lado, me pregunto yo a veces, ¿tiene mucho que
ver acaso la magnitud de un país con la calidad
memorable de lo que en él acontezca? Nosotros
solemos consolarnos de nuestra pequeñez territo-
rial con la Atenas de Pericles, con las ciudades
italianas del Renacimiento (éste es un argumento
favorito que nadie ha contradicho jamás, pero
que se aduce, sin embargo, siempre de nuevo, con
énfasis y recurrencia infatigable, en nuestra prensa, radio y tribuna); y, sea como quiera, es indiscutible que los seres humanos viven y luchan
y sufren y se juegan la vida y la pierden y mue-
ren, con grandeza o con mezquindad igual, tanto
si el país es minúsculo como en los imperios gi-
gantes. Cada cual vale por lo que es, por lo que
hace y merece, aunque se vea reducido a hacerlo
en el marco de una pequeña república medio dormida en la selva americana.

Acaricio, pues, la esperanza de que me esté
reservada a mí, como descendiente que soy de una
ilustre estirpe de letrados, gala y prestigio de esta
tierra en tiempos menos infelices, la alta misión

de impartir esa justicia histórica en un libro que,
al mismo tiempo, sirva de admonición a las generaciones venideras y de permanente guía a este
pueblo degenerado que alguna vez deberá recuperar su antigua dignidad, humillada hoy por
nuestras propias culpas, pero no definitivamente
perdida. Pienso poner manos a la obra tan pronto como remita la ola de violencias, desmanes,
asesinatos, robos, incendios y demás tropelías que
afligen al país desde la muerte del presidente Bocanegra —cuyo nombre, dicho sea de paso y en
vista de cuanto ocurre, no sé ya si deberá calificarse de infame, según pensábamos muchos, o
más bien enaltecerlo y llorarlo como esperanza
frustrada y malogrado remedio de la Patria—. De
momento, ordeno mis papeles y mis ideas, adelan-
to el trabajo y preparo este esbozo previo al
libro acabado que me prometo para después.
Mientras alrededor mío todos usan el facón o el
machete, cuando no la pistola, yo ejercitaré la
pluma: con no menos áspero deleite.

# Dos

Ahora me explico por qué el cine, y por qué la literatura, y los relatos históricos, y hasta los cuentos que hacen de viva voz a sus nietos los testigos presenciales de semejantes sucesos, dejan siempre una falsa impresión de movimiento vertiginoso, cuando el horror de épocas tales consiste más bien, curiosamente, en la lentitud con que los acontecimientos se dilatan, sometidos a una expectativa insaciable, tensa, que estira hasta lo insufrible los minutos, y las horas, y los días, y las semanas, y los meses. Ocurre que, sin quererlo, el narrador aglomera en el relato asesinatos sobre incendios, incendios sobre violaciones, violaciones sobre robos, y así todo se acumula, revuelve y aprieta, muy concentrado; siendo más cierto que en la realidad, y tal como las cosas se desenvolvieron, no hubo nada de semejantes batahólas, entreveros, bullas ni atropelladas, sino, sencillamente, que tal vez una mañana, cuando está uno terminando de afeitarse, alguien, otro huésped de la misma pensión, acude a contarle con la excitación natural que el presidente Bocanegra ha amanecido muerto después de la trasnochada de una fiesta oficial en Palacio. Y claro es: se conjetura en seguida y se da por hecho que habrá sido un ataque al corazón, pues ya antes se solía temer con celosa y compungida maledicencia que sus excesos alcohólicos, y otros, lo empujaran a tan repentino fin. Pero no será hasta luego, más tarde, a la hora del café, en la sobremesa, que al cabo vendremos a enterarnos (por lo demás, en manera todavía bastante confusa, bajo la forma de un rumor que el resto de la jornada deberá confirmar) de la sensacional versión: Su excelencia murió asesinado, y nada menos que por su propio secretario particular, el joven Tadeo Requena, a quien tanto había protegido; y muy probablemente, a consecuencia —podía sospecharse— de líos de alcoba; y de que el matador, a su vez, aquella misma madrugada... etcétera. Con ritmo lento siguen escanciándose las noticias. La gota de agua que cae no basta a apagar —al contrario, estimula— nuestra sed de novedades. Ya todo será poco de ahí en adelante. Se inventa, se fabula, se miente, se confía a la imaginación la tarea de satisfacer con engañoso pasto a la voraz curiosidad, muy despierta por la certidumbre de que van a seguir ocurriendo cosas, y siempre al acecho. Se quisiera no tener que dormir; ni faltan quienes salgan a escrutar, a ventear en la noche las víctimas de que, puntual, informará la mañana, cuando no a promoverlas por su mano. O aquellos a quienes, si la mano les tiembla, no les tiemble la voz delatora, y matan con el aliento, con la sombra de la sospecha, con la mirada.

Viene luego el regodeo en los detalles macabros, el asombro y la admiración de las pretendidas ejemplaridades. Apareció el Chino López suspendido por los pies a un árbol en la Cortada de San José Bendito y, observando que entre los podridos dientes le habían atascado la boca con sus propios testículos, ¿quién no recordaría sus siniestras y celebradas gracias de castrador avezado,

y quién no traería a colación el nombre del difunto senador Rosales, su «cliente» más notorio?
O ¿cómo no suponer, por ejemplo, que al majadero de José Lino Ruiz (Dios lo haya perdonado)
lo que le costó el pellejo fueron —pues ¡qué otra
cosa iba a ser!— sus ufanas series de intermina-
bles carambolas en el Gran Café y Billares de La
Aurora; y al gallego Rodríguez, sus gramatique-
rías puntillosas en las columnas de *El Comercio?*
  Dos periodistas españoles trabajaban en la redacción de ese gran diario local, y los dos pere-
cieron, a lo que parece, víctimas de su propia
insolencia. Al otro, Camarasa, muchos se la tenían
jurada desde que, hará cosa de un año o dos,
publicó aquel famoso y tontísimo artículo de
«Cómo se hace una nación», que levantó tal pol-
vareda y que había de resultarle fatal en la oportunidad de las actuales circunstancias. Es el colmo, perder la vida por haber querido hacerse el
gracioso. Pero siquiera esa broma contenía una
punta política, y bastante punzante si se va a ana-
lizar, pretexto que nadie hubiera podido aducir,
en cambio, ni con los palmetazos pedantes del
gallego Rodríguez, ni con las inocentes carambolas del pobre José Lino. De todas, maneras, bien
lejos estaría su autor, cuando se divirtió en borronear esa eutrapelia, o paparrucha, de imaginarse el precio que, no muy a la larga, tendría
que pagar por ella. Camarasa era un andaluz zafado, medio sardónico, incapaz de retener la lengua, ni la pluma; pero, en el fondo, no mala
persona.
  Cierto es también que en la ruleta de períodos
turbulentos como éste se ve funcionar más al desnudo y más en crudo ese misterioso factor de la
vida humana al que llamamos suerte: la buena
o la mala suerte de cada cual se manifiesta entonces a través de las más estupendas combinaciones
del azar. Pero hay casos en que hubiera sido me-

nester casi un milagro para torcer destino tan
perfectamente previsible, dadas las circunstancias, como el de nuestra desdichada primera
dama de la República, la inefable doña Concha,
a quien centenares, quizá, de voluntarios, allá en
el chiquero-prisión de la Inmaculada, pasaron por
las armas (con este eufemismo canalla se lo significaba, guiñando el ojo) antes de que un sádico
imbécil pusiera término al general entretenimien-
to machacándole el cráneo. La ilustre matrona
se había labrado con su conducta un final tan
lamentable, hasta el punto de que algunos pudieran considerarlo merecido castigo. No en vano
—alegaban— se luce la pechuga ante todo un
pueblo durante años y años, en fotografías, en no-
ticiarios de cine, por la televisión. También la
publicidad puede volverse arma de doble filo...
Pero hay algo que todavía nadie conoce, y es uno
de los secretos que yo revelaré al mundo: a saber, que la buena señora se tenía muy ganado, en
efecto, tan horrible acabóse, y no por la venial,
aun cuando contumaz ya, e inveterada culpa de
provocar *urbe et orbi* con sus abultados pectora-
les encantos, sino en razón de manejos criminales
a los que sin duda la llevaron no sé qué infelices
veleidades de heroína shakespeareana. Así se desprende claramente de las memorias de Tadeo Requena, y así habrá de explicarse y documentarse
llegado el momento en las presentes notas.

# Tres

¡Buena caja de sorpresas es el mundo; y bien de ellas encierran las tales memorias! ¡Quién lo hubiera adivinado! Pocas son las cosas que se escapan a mi observación en esta desconocida Atenas del trópico americano. Reducido por mi enfermedad al mero papel de espectador, desde mi butaca veo, percibo y capto lo que a otros, a casi todos, pasa inadvertido. Son las compensaciones que la perspectiva del sillón de ruedas ofrece al tullido. ¿Se imagina a un ratón que, asomado a su agujero, o a un canario en su jaula, pudiera tomar nota de cuanto, descuidadas, hacen y dicen las gentes? Quieto en un ángulo del café, mientras los demás van y vienen, o instalado acaso tras los jugadores de billar que, al inclinarse para perfilar con esmero sus carambolas, me muestran el fondillo de sus pantalones, he corrido yo más mundo, y más cosas he visto, que otros apurándose, desalados, de un lado a otro. Pero, con eso y todo, he de confesarlo: el joven Tadeo Requena me dio el gran chasco. Ahí, el ratón y el canario fallaron: descubrir las memorias fue para mí un asombro del que todavía no salgo. ¿De modo que este sujeto gris, callado, inteligente sin duda, pero brutal, y sobre todo, frío como

17

un lagarto, despreciable en definitiva; esta especie
de arrivista desaprensivo, acabado ejemplo de la
mulatería rampante que hoy asola el país, resultaba ser en el secreto de sí mismo nada menos
que todo un señor dotado de aficiones literarias;
y no sólo eso, sino un crítico implacable de la
sociedad en torno suyo, muy capaz el hombrecito
de darle a sus rencores la forma del sarcasmo;
que pertenecía, en fin, a la clase de individuos que
se permiten la extravagancia, sólo disculpable
para un inválido, de emplear sus horas sobrantes
en garrapatear y emborronar hojas y más hojas,
por el puro gusto de delatarse, traicionarse y
venderse; quiero decir que, en el fondo, era uno
como yo, un animal de mi especie, un congénere
mío? Si en lugar de caer en mis manos, por pura
casualidad, el montón de papeles va a parar en
la basura, como hubiera sido normal en los tiempos que corremos y con el desorden que hoy reina
en todo, ¡adiós para siempre Tadeo Requena!
Junto con su cuerpo acribillado a tiros, se hubiera enterrado su nombre oscuro, y una parte de la
historia contemporánea, si no importante para
el resto del mundo, al menos curiosa y alecciona-
dora para nosotros y, hasta cierto punto, ejem-
plar. Pues es lo cierto que estas memorias constituyen la pieza maestra en la serie de documentos
que estoy reuniendo y que me propongo extractar
aquí como base de mi futuro libro.

Hay en ellas, por supuesto, bastantes cosas que,
o no vienen al caso, o a veces diluyen lo interesante en multitud de pormenores triviales o acce-
sorios, sólo relacionados con el autor mismo y
sus preocupaciones; pues el tal sujeto era de veras egocéntrico, bajo aquella apariencia entre feroz y servicial que lo había convertido en el perro
guardián del presidente. De su manuscrito me
prometo omitir o resumir todo lo que no afecta
al curso de la vida pública, aun cuando, para

empezar, y aquí mismo ya, no me resistiré a reproducir algo del relato que hace sobre los orí-
genes de su buena fortuna y la manera como le
aconteció venir —o, mejor, ser traído— a la capital (a la Corte, pudiera haber dicho; y aún me
extraña que no pusiera a contribución el joven
Tadeo aquella cultura precaria y apresurada que
el doctor Luisito Rosales le había hecho ingerir,
y que él, aunque pretenda disimularlo con desde-
nes, ingurgitó sin duda ávidamente, para invocar
en ese punto los antecedentes ilustres que la Historia —con mayúscula— ofrece a su raro destino;
sí, me extraña que, en su manía de grandezas, no
le acudiera a las mientes, digamos, la halagadora
comparación, que resulta obvia, con el famoso e
imperial don Juan de Austria)...

Da comienzo a sus memorias el secretario Requena —lo cual no es mala idea, y prueba lo
seguro de su instinto literario— con algunas reflexiones generales, o lugares comunes, acerca de
la vida humana y de lo incalculable de la suerte.
«Inescrutable» es la palabra pretenciosa que emplea y repite. Exclama: «¡Si de veras pudiera
uno leer el porvenir!...»; y esta exclamación, este
suspiro, es la primera frase que trazó su pluma,
para seguir lamentando en seguida que las señales del destino, borrosas siempre, suelan a menudo ser engañadoras; que muchas veces em-
prendes algo bajo lo que consideras excelentes
auspicios, y luego todo te sale al revés; aun cuando, con frecuencia también, aquello que al pronto
te había parecido una desgracia cambia a lo mejor de sentido y resulta una bendición, de modo
que viene a confirmar por último los signos ini-
ciales; así que, en definitiva, nunca se sabe...
El pobre Tadeo Requena lo escribe, es claro, para
abrir con cierta dignidad retórica el tema del fa-
buloso giro de su fortuna y subrayar lo mucho
que para él tuvo de cosa inesperada, de sueño

increíble. «Yo era entonces un mero desgraciado,
nadie; menos que nadie, nada. Desde mi actual
posición, condesciendo más de una vez, no sin
complacencia, a reconocerme retrospectivamente
en aquel abandono. Ni conciencia tenía, Dios me
valga, de mi estado miserable; ni cuenta me daba
tan siquiera, pues mi suerte era al fin la misma
suerte negra de tantos otros, de todos», explica.

La verdad es que su pasmo un tanto retórico
ante las inesperadas vueltas del mundo hubiera
podido crecer aún más, y bien amargamente, en
ponderaciones si antes no viene la muerte a cortar el hilo de sus puntuales memorias. Los acontecimientos postreros fueron de veras pródigos
en posibles y muy dramáticas ilustraciones del
tema. Pues ¿quién le iba a haber dicho, por
ejemplo, al presidente Bocanegra que su iniciativa de recoger, educar y tener consigo a ese joven
Tadeo ejercería influencia tan funesta sobre el tinglado de su poder y de su reputación terrible,
arruinado de un solo golpe? Quizá la mirada mortal que el caudillo echó a su secretario —la mirada última, entre estertores ya— estuvo fijada
sobre el recuerdo de la fecha y ocasión en que
encargara a un hombre de su confianza, el entonces comandante y hoy coronel Cortina, de ir al
poblado de San Cosme, y buscar al muchacho y
traerlo en seguida a su presencia... En cuanto
al propio Tadeo, ¿cuándo hubiera podido imaginarse este infeliz que el mismo hombre, el mismo
Pancho Cortina que fue a sacarlo del pueblo en
cumplimiento de órdenes superiores, ese comandante Cortina, objeto visible de su admiración
desde el primer instante, sería por último quien
habría de matarlo a él como a un perro, poniendo
así también el epílogo (un epílogo de sangre, escrito con la pistola) a estas memorias en cuyo
pórtico aparece como ángel mensajero y custo-
dio? Sí, desventurado Tadeo Requena, tú mismo

ignorabas hasta qué punto es imprevisible el curso de la humana existencia, y qué tremenda verdad encerraban las frases y artificios de literato aficionado con que diste comienzo a tus memorias...

Después de ese exordio, ni inoportuno ni torpe, aunque tampoco original, entra el autor con gentil andadura en el relato directo. Sin más preámbulo, comienza ahora a contar su vida el futuro secretario. Dice así (y transcribo): «Alrededor de 17 años, o 18, debía de tener yo por entonces. Era ya hombre crecido, y no hacía nada de provecho. Pero ¿qué podía hacer? Trabajo, allí no lo había; el pueblo, como el país entero, dormitaba; las gentes hablaban despacio, se movían despacio; muchos se iban yendo a echar el bofe en las factorías holandesas; algunos, con más suerte, alcanzaban a llegar hasta los Estados Unidos, y allí se quedaban para siempre. Yo sabía que también, un día u otro, pero pronto ya, tendría que irme a mi vez, y buscarme la vida; mas, por el momento, prefería no pensar en nada, y me pasaba el tiempo papando moscas como un idiota. ¿Hubiera podido sospechar, soñar siquiera, lo que me aguardaba? El presidente Bocanegra significaba para mí por aquel entonces poco más que esa imagen bigotuda, con una banda terciada al pecho, que se repetía en las paredes de todas las cantinas, en la panadería, en la comisaría, en la escuela; ese retrato sempiterno, y un aura remota de poder incontrastable, hecha de los más vagos temores y esperanzas; cuando, de pronto, cierto día, increíblemente, yo, como por arte de magia, me veo llevado ante su presencia... Serían las dos de la tarde, o poco más; y, medio recostado a la sombra, contra el quicio, aguantaba yo el calor a la puerta del almacén del gallego Luna, junto a la plaza. De pronto, se oye estruendo de motocicletas: la poli-

cía. Estiro el pescuezo: uno, dos guardias; en
seguida, un jip; y dentro del jip, un oficial. Despacio me acerqué a curiosear, como todos. ¡Demonio! ¡Si era a mí a quien buscaban! Cuando
el jefe, asomando la cabeza, preguntó por Tadeo,
el de la Belén, los grandes me miraron con aprensión y los chicos me señalaron con alborozo, con
oficiosidad. Entonces, uno de los guardias, agarrándome del brazo, sin más explicaciones me
metió en el carro, junto a su comandante.

»—No tengas miedo —rió éste, con los dientes
muy blancos bajo el bigote muy negro; quería
tranquilizarme.

»—Yo no tengo miedo —le respondí, arisco.
Pero me estaba acordando entonces del Juancito
Alvarez, sólo un año mayor que yo, a quien poco
antes lo habían prendido así, junto con otros dos
hombres ya mayores, sin que nunca más se volviera a saber de ninguno.

»Mi suerte iba a ser muy distinta. El oficial
consiguió infundirme confianza. Me aseguró que
nada malo había de ocurrirme, sino al contrario.
Me dijo su nombre: Soy el comandante Francisco Cortina, me dijo; quería ser amable. Yo, por
mi parte, no entendía nada. Reflexioné: Lo que
sea, sonará. Era una manera de estar tranquilo:
después de todo —pensé—, para los pobres, nada
es nunca demasiado bueno, pero tampoco puede
ser demasiado malo. Y me puse a contemplar el
camino. Jamás antes había salido yo de San Cosme; atravesamos varios pueblos; yo los miraba,
y la gente me miraba a mí, al pasar como flecha...
No se me olvidará la entrada en la capital. Ahí
sí me hubiera gustado que el jip no corriera tanto. Aquello lucía como en las películas. Bastantes
veces había recorrido, con los ojos, en el cine del
pueblo, las calles de Nueva York, de Chicago,
conocía sobre todo México, me había asomado a
Buenos Aires, a París, a Londres. A nada de eso

se parecía esta ciudad, siendo la capital. Pero, en cambio, tenía la ventaja de ser real; estaba ahí, de bulto, y yo dentro de ella. Nuestro jip, como rata que se escabulle, recorría calles y calles, hasta refugiarse por último en un patio que —lo supe luego— pertenecía nada menos que al Palacio Nacional, y es este mismo patio, precisamente, que ahora puede verse desde la ventana de mi cuarto, cruzado de jips a toda hora, y lleno de guardias discutidores o chanceros. El comandante Cortina pertenecía a la casa. Me condujo por escaleras y pasillos; y yo seguí sus botas altas y lustrosas, el tintineo de sus espuelas, hasta una habitación donde por fin nos detuvimos y me mandó esperarlo. Allí me estuve; allí, es decir: aquí; pues era, estoy casi seguro, este mismo antedespacho donde ahora tengo instalado mi escritorio, y que entonces estaba dispuesto como una sala, con diván, butacas y sillas. Me senté en un rincón, y aguardé quién sabe el tiempo, rabioso ya de hambre al cabo de un rato, pues quizás si habría comido en todo el día una o dos bananas: en casa, yo nunca quería comer de lo poco que hubiera; no me gustaba que luego me gritaran vago. Pensé con disgusto en mi vieja, siempre sucia y gruñendo, con su piara de negritos a la zaga. ¿Cuándo me echaría en falta? ¿Mañana? ¡Nunca! Ya le habrían ido con la noticia, y estaría toda alborotada. Sí, claro; ¿cómo no iban a haberle llevado en seguida el cuento? Aparte la chiquillería, el gallego Luna y otros más habían visto a los guardias botarme en el jip —el gallego Luna, a quien (en ese instante vine a recapacitar sobre ello) le sorprendí entonces, de refilón, una mirada astuta y burlesca, muy de gallego, que no acerté a interpretar en la confusión del momento, pero que por lo pronto se me quedó grabada. Luego, más tarde, corriendo el tiempo, supe sí que nadie en el pueblo se había sorpren-

dido ni alarmado; supe que desde siempre me
habían tenido por una criatura destinada a altas
protecciones; supe que mi propia madre, al enterarse, había comentado con cierto encono: ¡Ya
iba siendo hora de que, por lo menos, lo metie-
ran con una plaza en la policía!; y que había
pronosticado con amargura: Por supuesto, él se
olvidará en seguida de su gente... Y la verdad es,
ahora que lo pienso, que yo hubiera querido hacer algo por ellos; y algún día, cuando crezcan
más los negritos, no faltará ocasión de que lo
cumpla. Hasta el presente, harto trabajo he tenido con cuidar de mí mismo. En cuanto a ella,
la pobre, ya eso no tiene remedio: está bajo
tierra hace como cuatro años. Tendré que ir alguna vez al cementerio del pueblo y buscar su
sepultura para hacerle poner una lujosa lápida...
Pero ¿qué podía yo imaginar entonces? Ni siquiera sabía dónde me encontraba. Estaba como en
un sueño en el cual, aceptando lo inverosímil, uno
transita sin inmutarse por las situaciones más
absurdas. Parecerá mentira; pero, en medio de
aquella rareza, traído como en volandas a aquel
salón lujosísimo y para mí nunca visto, lo único
que me preocupaba era el hambre que, como un
gato, me arañaba dentro del estómago. Me habían
dejado solo; y, a la distancia, en otras habitaciones, se oían de vez en cuando pasos, o susu-
rros, o un portazo. Yo, que casi no me atrevía
a moverme de mi sitio, estaba dándome plazos
para alzarme y echar a andar hasta que alguno
me atajara; cuando, de pronto, vi entreabrirse la
puerta...»
    Así es como refiere Tadeo Requena su entrada
en la casa presidencial. Cuenta a continuación
que, después de tanta espera, esa noche cenó
—como un bárbaro, dice— y durmió —como un
tronco— en el cuerpo de guardia; y sólo bien
entrada la mañana siguiente, reanudándose el lú-

cido sueño del nuevo Segismundo cuyo papel
había comenzado a representar, fue introducido
otra vez en el palacio y llevado por fin a la augus-
ta presencia de Bocanegra. ¿En qué circunstancias? Más valdrá reproducir las palabras exactas
del interesado. Su naturalidad ingenua describe
las maneras y estilos del inmundo dictador que
hemos padecido, con elocuencia mayor que los
indignados dicterios y apóstrofes de sus peores
detractores.

«El comandante Cortina en persona —continúa
relatando Tadeo Requena— acudió a buscarme
al otro día, y de nuevo me hizo subir las escaleras de mármol. ¡Venga conmigo, por favor, joven!, me dijo. Y yo lo seguí a través de galerías
y corredores, ensuciando con mis alpargatas las
lustrosas maderas del piso, hasta un lugar del
todo extraño para mí entonces, una pieza que yo,
pobre ignorante, ni siquiera barruntaba; pues
era aquélla, por cierto, la primera vez en mi vida
que me asomaba a un cuarto de baño, con sus
mosaicos rutilantes y sus curiosísimas instalacio-
nes. Más grande y mejor, tampoco lo he visto
nunca después, la verdad. Era lo que se dice un
salón; y, en efecto, allí se encontraban reunidas
en aquel momento un montón de ilustres personalidades, entre las cuales descubrí, con asombro
y cierta sensación de alivio, a alguien que yo
conocía: al doctor don Luisito Rosales, el hermano de nuestro difunto senador. Lo conocía, digo.
Sí, igual que los perros realengos pueden conocer
al dueño de la mansión. ¿No había de conocerlo?
Pero mi alivio era tonto, porque él, en cambio,
jamás había reparado en mí ni sabría de mi existencia más que de la de cualquier otro hijo de
lavandera que, acaso, una vez que otra, ayuda
a entregar la ropa y aprovecha la ocasión para
admirar furtivamente el interior de la casa grande. Ahora, la casa de los señores, o de los Rosales,

como también la llamábamos, estaba cerrada desde hacía algún tiempo: desde la muerte violenta
del senador. Entonces se dispersó la familia: la
viuda se fue para Nueva York con los hijos, y
el otro hermano, este don Luisito, se instaló poco
después en la capital, y raramente iba a San Cosme; sobre todo, desde que lo nombraron ministro del gobierno... Pues ahora, de sopetón, me lo
veo en aquella sala de baño, entre otros caballeros que, al entrar yo a la zaga del comandante,
dardearon miradas de reojo sobre mi encogida
presencia, sin distraer no obstante su atención de
otro, hacia el que, con ansiosa deferencia, se vol-
caban todos. Medio oculto por la concurrencia,
ese otro era —casi me muero del susto cuando
lo reconocí— el mismísimo presidente Bocanegra,
Bocanegra en cuerpo y alma, con los ojos obse-
sionantes y los bigotazos caídos que yo tanto
conocía por el retrato de la cantina; aunque, claro está, sin la banda cruzada al pecho; pues su
excelencia, único personaje sentado en medio de
aquella distinguida sociedad, posaba sobre la le-
trina (o, como pronto aprendí a decir, en el inodo-
ro), y desde ese sitial estaba presidiendo a sus
dignatarios.

»No podía sospechar yo a la sazón que se me
había introducido así, de golpe y porrazo, en el
círculo íntimo de los privilegiados, en un santuario cuyo acceso implicaba el honor supremo en
el Estado, ni que centenares y miles de sujetos
habrían envidiado, de haberla conocido, mi casi
fabulosa fortuna. Todo esto lo aprendería después, y sería el propio doctor Rosales quien me
lo enseñara, como tantas y tantas otras cosas que
tan útil me ha sido saber en lo sucesivo. Al doctor debo agradecérselo, y no sería de hombre
bien nacido negarle el reconocimiento que le debo,
por más que me administrara sus enseñanzas con
bastante pesadez y, en lugar de irse al grano, se

regodeara cansándome con innecesarias prolijidades. Así, por ejemplo, a propósito siempre de esta confianza y familiaridad que nuestro caudillo solía cicatear tanto y que a mí me otorgó desde el primer instante, el doctor se creyó en el caso de aburrirme en su día con una larga conferencia atiborrada de datos (quién sabe si, a lo mejor, hasta inventados por él) sobre el *lever* (o 'levantada', como en seguida me aclaró) de los reyes de Francia, disertación trufada todavía de anécdotas escasamente relacionadas con el tema, como un cuento de la muerte de Sancho No sé Cuántos de Castilla, a quien el traidor Bellidos alanceó cuando su indefenso rey exoneraba el vientre junto a una tapia; y dilatada aun, por si fuera poco, mediante latosísimas digresiones político-morales sobre los *arcana imperii*, como él se escuchaba declinar, y acerca de las antecámaras que, si protegen al poderoso, lo aíslan al mismo tiempo y enrarecen su atmósfera. De toda aquella palabrería procuraba yo siempre desechar la hojarasca y obtener algún fruto. Creo que lo obtuve, y esto, en verdad —modestia aparte— es mayor mérito acaso del alumno que del propio preceptor.

»Pero, volviendo ahora a mi relato: como decía, para desconcierto de aquel infeliz patán que era yo por entonces, descubro de pronto, en medio de tan empingorotada reunión, nada menos que a Bocanegra; y vengo a descubrirlo cuando ya él tenía clavados sus ojos en mí. Casi pego un salto; pero por suerte no me faltó el aplomo, y conseguí mostrarme de lo más tranquilo, con una tranquilidad —pienso— que debía parecer ya hasta insolente. Me interpeló desde su trono (y fue la primera vez que oí su voz áspera, curiosamente matizada de inflexiones tiernas, casi quebradizas): —Así que éste es el Tadeo —exclamó—. Acércate, muchacho, acércate... —me dijo. Ahora, y no antes de ahora, se dieron por notifi-

cados los demás de mi presencia, y vertieron
sobre mi cabeza humilde el bálsamo de sus miradas de simpatía; incluso me empujaron suave-
mente hacia el caudillo... Con desconfianza, con
incredulidad, le oí entonces hablar, en forma un
tanto sibilina, sobre planes, proyectos y designios
relacionados conmigo, de entre cuya nebulosa
pude sacar en limpio tan sólo que me confiaba
por lo pronto a los buenos oficios de su Ministro
de Instrucción Pública (es decir, al doctor Rosales, allí presente), así como a los del comandante
Pancho Cortina, que hasta allí me había conducido, para que ambos velaran, respectivamente,
por mi bienestar físico y mi formación espiritual,
preparándome —y en el más breve plazo posible,
¿entendido?— para desempeñar cualquier misión
o puesto que se me asignara. —Quiero verlo sin
tardanza hecho un doctorcito en Leyes, ¿eh?;
pero, ¡sin tardanza! »

# Cuatro

«Un doctorcito en leyes, y sin tardanza.» Así era Bocanegra. Su digno secretario privado lo está retratando desde el primer día. De la noche a la mañana, había que convertir en doctor a ese palurdo aguzado, no más porque se le antojaba a él... Razón tenía, sin embargo; pues ¿acaso nuestra vieja e ilustre Universidad Nacional de San Felipe, una de las primeras fundadas en el Nuevo Mundo con el doble título de real y pontificia, no se había rebajado poco antes a discernirle a él mismo, viejo estudiantón fracasado, su más alto y preciado galardón, el título de doctor *honoris causa*, por el solo hecho de verlo ahora encumbrado al poder? ¡Doctorcito en leyes, y sin tardanza! Durante cinco años tuve yo que rodar, con mis piernas inútiles, por las aulas, para poder llamarme abogado, mientras que ahora, éste... ¡Formidable caso! Y no hay que decir: el inefable Luisito Rosales, para quien los deseos del Gran Mandón eran órdenes literalmente, por si no bastara con encajarle a aquel jayán la toga académica poco después de haberle hecho calzar los primeros zapatos, se encargó todavía, con toda oficiosidad, de desasnarlo, pulirlo, instruirlo y hacerlo presentable, de manera que, en definitiva, no desdijera al lado de tanto abogadete como pulula en las oficinas nacionales. Más aún, logró hasta dotarlo de cierta vitola intelectual impresionante a primera vista, si bien la túnica lujosa de la cultura superior, echada a toda prisa por encima, disimulara mal a veces los harapos de su primera indigencia. Testigo son de esa absurda mezcla de educación de príncipe y de cursos abreviados de academia preparatoria las memorias estas que estoy utilizando, escritas con mucha presunción literaria y en verdad no desdeñable arte, pero en las que no siempre consiguió su autor evitar las faltas de ortografía.

Conviene reconocerlo: toda esta primera parte de su escrito (donde el joven lugareño en palacio se empleó con deleite, dando rienda suelta a la inmensa vanidad que le rezumaba por todos los poros de la piel, sólo contenida, restañada y sofrenada de cuando en cuando por la no menor insultante soberbia que le era connatural y que producía en él una extraña combinación de inseguridad y de aplomo) resulta ahora de un valor inapreciable, no a causa de la personalidad de Tadeo Requena, pues el sujeto no era, desde luego, tan interesante como él mismo se imaginaba, sino para los efectos de entender bien y a derechas la génesis de las perturbaciones actuales, buceando en esa prehistoria inmediata que, por rara casualidad, viene a revelarnos el oscuro secretario a quien su acto homicida, y sólo su acto homicida, ha colocado luego en el centro de los acontecimientos históricos.

A través de ellas vemos cómo se incubó el monstruo, y podemos reconstruir los primeros y secretos pasos de la infección que había de reventar luego con tanta fiebre. Yo mismo —e igual que yo, la generalidad de las gentes— no tenía clara idea acerca de la procedencia del fatídico secretario, a quien nadie tomaba demasiado en

serio a pesar del efectivo poder que llegó a deten-
tar: pues nadie podía imaginarse lo que, andando el tiempo, desencadenaría con su desatentada
acción. La primera vez que oí hablar de él fue,
si mal no recuerdo, cuando se supo que Bocanegra lo había nombrado secretario suyo. Seguramente se hablaría de ello en el café y billares de
La Aurora, donde acostumbro yo a pasarme las
tardes; y creo que nadie sabía a punto fijo de
quién se trataba. La habitual maledicencia, que
adoba, aliña y sazona los comentarios a cualquier
noticia del día, se centró esa vez sobre el supuesto vínculo de filiación que se afirmaba existir
entre el presidente y su flamante protegido, a
quien ninguno allí conocía, pero del que se daba
por descontado que era uno de tantos hijos na-
turales como ese bestia tenía desperdigados por
todo el país. La cosa, a decir verdad, no resultaba
muy sensacional; de modo que, a falta de otros
elementos que introdujeran incitadoras variantes,
el chismorreo se agotó pronto. Lo más probable
es que fuera cierto, después de todo. El propio
Tadeo, demasiado cauto y demasiado soberbio
para acoger abiertamente lo que sin duda era
versión corriente también en el poblado de San
Cosme, se las arregla para dejarla traslucir en
varios pasajes de sus memorias, y de manera particular en uno donde refiere, trayéndola un poco
por los pelos, la broma de mal gusto que, en
cierta ocasión, le había gastado el gallego Luna,
el de los abarrotes de la plaza, desde atrás del
mostrador. «¿Qué haces ahí tú, muchacho? —le
había gritado—. Anda que a ti, cuando te crezca
el bigote, con sólo que te engalles un poquitín,
hasta la tropa te va a saludar al paso...» Sea
como quiera, la cuestión carecía de toda entidad,
y la gente no se ocupó demasiado del nuevo secretario privado. Entre las arbitrariedades del
Gran Mandón, a nadie podía chocarle mucho este

nombramiento, como cualquier otro que hubiera
podido hacer para el mismo puesto: cada cual
busca sus colaboradores y ayudantes entre los de
su propia laya; y aunque Bocanegra provenía
de buena familia, eran bien conocidos sus gustos
de atorrante, y siempre se le solía afear esa inven-
cible propensión suya al trato de la canalla...

Así, pues, como digo, nadie concedió importancia al asunto. Los periódicos mismos, que viven
de hinchar cualquier novedad, publicaron esta
noticia caracterizando al doctor Tadeo Requena
como a «una de nuestras jóvenes promesas», «le-
trado distinguido» y «representante brillantísimo
de la nueva generación que irrumpe a la arena
pública con el corazón lleno de impetuosas esperanzas, y a la que nuestro ilustre caudillo, el señor
presidente de la República, atento de continuo a
velar por el futuro de nuestra Patria, abre gene-
rosos cauces para que se incorpore poco a poco
a las responsabilidades del mando y de las funciones civiles»; pero, todo esto, como se ve, sin
salir de una rutina inflada por el oficioso halago.
Sólo en una oportunidad escuché —y, por cierto,
de labios de Camarasa, ese pobre y locuaz de
Camarasa, que tan desgraciado fin ha tenido—,
sólo en una oportunidad, digo, oí interpretar el
nombramiento de Requena como algo lleno de
significado, y aun de significado trascendente. Según él, la designación del nuevo secretario particular y el manifiesto propósito de encumbrarlo
bajo su palio, indicaba en el dictador propósitos
bien calculados de iniciar un viraje en su gobierno... Ignoro por qué se le ocurrió a Camarasa
venir a explayarse conmigo; quizá porque ese
día estaba un poco bebido ya cuando entró al
café, y como tan sólo encontró allí al bobo de
José Lino, con quien no se podía hablar dos palabras seguidas sobre cosa alguna, después de ba-
rrer con una mirada tediosa todo el local, vino

a dejarse caer junto a mi sillón para tomarse
otro coñac a mi lado. Me palmeó la espalda lla-
mándome, con su habitual desenfado, Pinedito, y
en seguida inició el despliegue de su inagotable
facundia. De tema en tema, vino por fin a obse-
quiarme con la presentación de una teoría fabricada por él, toda completita, acerca del poderío
«bocanegresco». Prédica y agitación popular habían sido —expuso— los recursos primeros de
este demagogo, cuyo truco, fácil pero infalible,
consistió —quién no lo recuerda— en reunir cuantos temas y motivos, aun contradictorios, fueran
aptos para hurgar en las heridas de la pobre gente, y tremolarlos en el aire, disparando a los
cuatro vientos promesas disparatadas, sin tasa,
miedo ni medida. ¿No es así?, me preguntaba
Camarasa; y yo asentía. Claro, nada de eso era
novedad ninguna, ni para mí ni para nadie, sino
vieja historia archisabida; pero él necesitaba recordar tales «antecedentes» para componer bien
su cuadro. Siguió, pues, adelante: encaramado en
el poder por obra de aquel golpe de astucia (¡y
de habilidad, caramba!, porque el tío —eso no
puede negársele— es más listo que el hambre),
encaramado a favor del descuido, la sorpresa y
el desconcierto de las clases altas, a quien sus
alharacas atemorizaban, el nuevo presidente, en
lugar de transar con la realidad como era de es-
perarse y, sentando por fin la cabeza, haberse
aplicado a rehacer tranquilamente su disipada
fortuna, defraudó una vez más a los suyos y pre-
firió saciar sus injustificados rencores mediante
festines de refinadas e hipócritas represalias, frías
humillaciones, vejámenes tanto más irritantes
cuanto minúsculos, y —lo que era en verdad insufrible— consintiéndole todo a la chusma... Según Camarasa, que lo explicaba con fruición, esa
primera fase de su gobierno había culminado y
hecho crisis en el asesinato del senador Rosales,

único miembro de las antiguas familias capaz de inquietar en serio al dictador. Removido el obstáculo, ya la suerte estaba sellada: y la subsiguiente «capitulación y entrega» del hermano de la víctima, ese infeliz de Luisito Rosales que, con general escándalo y consternación, terminó por aceptar la cartera de Instrucción Pública ofrecida por Bocanegra, no era ya sino el símbolo patente de tan melancólico destino. Todo un período de la historia nacional quedaba clausurado con eso. De ahí en adelante —y los ojillos de Camarasa relucían de inteligencia y de excitación alcohólica en el entusiasmo de su propia perspicacia—, de ahí en adelante el dictador, dueño de un poder incontrastable, se preparaba —y yo había de verlo— a edificar una dominación faraónica, para lo cual sacrificaría a los mismos esclavos en quienes se había apoyado primero, pero cuyo sostén no le hacía falta ya para nada.

—Tú lo verás, Pinedito, qué poco me engaño en esto. Su lenidad anterior frente a los desmanes de los pelados se cambiará ahora en represiones implacables, hasta que nadie se atreva a rebullir. Risa me da pensar en los ingenuos que, viéndole mantenerse pobre en la cúspide del poder, se hacían lenguas de su honestidad administrativa. ¿Para qué había de distraer nada de las arcas del Tesoro si pensaba hacerlo suyo todo entero, convirtiendo al Estado en finca propia?

Camarasa reía, chispeando malicia. —Mas, todo eso, cierto o no, ¿qué tenía que ver con el nombramiento del nuevo secretario particular? —¿Que qué? Pues, hijo, está claro que para llevar a cabo tal operación, Bocanegra, o Almanegra, necesitaba indispensablemente valerse de tipos como este Tadeo Requena, que fueran hechura suya de los pies a la cabeza: omnipotentes bajo su manto, y ratas muertas en la calle. Hijo suyo o no, eso poco hacía al caso: lo decisivo era que

lo había sacado de la última miseria para convertirlo en su perro fiel, en su mano derecha (o en
su mano izquierda; que, por lo demás, nunca
debe saber lo que hace la otra, según máxima
evangélica de buen gobierno). ¿No había observado yo, acaso, cómo por otro lado comenzaba
a remontarse la estrella de Pancho Cortina, hombre joven también y sin vinculaciones con las
antiguas familias, hijo de un español que murió
demasiado pronto para haber hecho fortuna? Simple oficial de policía, Pancho se había convertido
en el verdadero *factotum* de la Dirección de Seguridad del Estado, a pesar de su grado de comandante recién salido del horno. Ojo a ese mozo
también; no sería raro que viéramos desarrollarse
ahora bajo su acción las fuerzas de policía, en
detrimento del ejército nacional, del cual no hubiera sido fácil desplazar en seguida a los viejos
coroneles y generales borrachones, que eran un
peso muerto y que, por inertes, resultaban inmanejables con sus resabios, sus pretensiones y sus
cien mil mañas... No, este dictadorzuelo centroamericano —observaba con tono de desprecio el
peninsular Camarasa— no había echado en saco
roto la lección de Hitler. Y se me quedaba mirando de hito en hito, a la vez que relamía en
los labios brillosos la última gota del coñac. ¿Qué
decía yo a todo esto? ¿Eh? Yo, por supuesto, no
decía nada; escuchaba, y al mismo tiempo miraba con aprensión alrededor nuestro, pues aquel
majadero había perdido todo control y podía
comprometerme del modo más necio.

Era, sí, bien imprudente el pobre Camarasa, y
los hechos han venido a demostrarlo. La verdad
es que no podía tener otro final que el que ha
tenido, por muy lamentable que ello sea. Cada
cual es el autor de su propia suerte; cada uno
es el primer y principal responsable de lo que
venga a sucederle. No se puede ser impunemente

tan desatentado como él era... Respecto a sus interpretaciones y presagios sobre el curso de la
política nacional, es innegable que el hombre tenía olfato; y hasta, considerados ciertos detalles,
puede afirmarse que veía debajo del agua; si bien
en lo que concierne a la muerte del senador Rosales no hacía falta ser un lince para darse cuenta
de las consecuencias políticas de un crimen que
nadie había dejado de imputar, por acción o por
omisión, al presidente Bocanegra. Lucas Rosales
llevaba adelante una campaña de oposición vio-
lentísima, no sólo desde su banca del Senado, sino
también por todos los caminos disponibles, que
no eran demasiados, y de modo muy especial mediante la cooperación del clero, que prestaba a
su causa los recursos sutiles y tan poderosos del
púlpito y el confesonario. Detrás de esa campaña
era fácil adivinar la trampa de alguna conjura, la
preparación de algún golpe de fuerza, para el
que evidentemente estaba trabajándose el ánimo
y la voluntad de los cuadros superiores del ejército. Así, pues, cuando, bajo grandes titulares en
rojo sensacional, publicaron los periódicos la noticia de que el senador por la provincia de Tucaití,
don Lucas Rosales, había sido abatido a tiros
en ocasión que remontaba la escalinata del Capitolio para asistir a la sesión del Senado, nadie
dejó de pensar en el «impulso soberano» al que,
sin duda, obedecieron los agresores. En relación
con este hecho, voy a dejar extractada aquí desde
ahora la copia del informe reservado que en la
oportunidad envió a su jefe en Madrid el ministro de España acreditado ante nuestra capital.
Pertenece al legajo de documentos que, gracias a
mi tenacidad, favorecida esta vez por una verdadera conjunción de casualidades, he conseguido
a raíz del asalto a la Legación, y que conservo
muy bien ordenaditos en su archivador. Estos informes diplomáticos me resultan inapreciables

para reconstruir el desarrollo de la situación, pues
—como se comprenderá— me ofrecen la perspectiva de un observador extranjero, que, aun vicia-
do por un montón de prejuicios, disfruta las ventajas de una posición muy excepcional y ve las
cosas desde afuera.

El texto relativo al asesinato de Rosales es particularmente extenso y serio. Dice así, copiado a
la letra: «Excmo. Sr.: Me cumple hoy informar
a V. E. de acontecimientos hasta cierto punto
graves y que, si no me engaño, pueden marcar
un punto crítico en el proceso de descomposición
(o, si se quiere, como algunos pretenden, de trans-
formación social revolucionaria) a que se encuentra sometido este país. El senador don Lucas
Rosales, jefe indiscutible de las fuerzas oposicio-
nistas, fue acribillado a balazos cuando, ayer, hacia las tres de la tarde, se encaminaba a la puerta
del Senado. Ocultos a uno de los costados de la
escalinata que da acceso al Palacio Legislativo,
los desconocidos pistoleros pudieron descargar a
mansalva sobre él sus armas, y escapar luego en
busca de seguro refugio. El lugar del atentado
estaba muy bien elegido, pues las amplias escaleras que, después de haber dejado al pie su automóvil, debía subir el senador para acudir al salón
de sesiones, eran un cazadero sin posible falla.
Sólo se pregunta la gente cómo pudieron llegar
a tal sitio los criminales, apostarse tranquilamente allí y, una vez cumplida su fechoría, desaparecer sin dejar rastro. La muerte del Sr. Rosales
ha ocasionado en seguida enorme conmoción, pro-
vocando un estado de general ansiedad, y poniendo en movimiento a todo el mundo, presa del
pánico los unos, envalentonados, arrogantes, ame-
nazadores los otros, y todos excitadísimos. Ninguno de los desmanes de los últimos meses ha
tenido las repercusiones que éste promete, que
ya está en vías de producir, tanto por la perso-

nalidad de la víctima como por las circunstancias
que rodean al hecho.

»Don Lucas Rosales, el senador asesinado, era
en efecto la esperanza y guía de las fuerzas del
orden, tan castigadas por la acción del actual régimen; lo había llegado a ser en poquísimo tiempo, destacándose en la emergencia por virtud de
sus notables condiciones de carácter, unidas a su
relieve social. El dominaba, por así decirlo, no
sólo su pueblo y toda la circunscripción de San
Cosme, sino la provincia entera de Tucaití, único
sector del país, como tal vez recordará V. E., que
fue capaz de resistir victoriosamente en las elecciones últimas a los asaltos de loca demagogia
dirigidos por Antón Bocanegra, el actual presidente de la República y entonces famoso y temi-
do 'Padre de los Pelados', como gustaba de titu-
larse él mismo antes de saborear los honores que
corresponden a un Jefe de Estado.

»Comprendo, Excmo. Sr., que la atención de
V. E., solicitada por tan altos y diversos asun-
tos, no puede tener presentes los pormenores de
la situación local de cada pequeño país centroamericano, y voy a permitirme por eso recordarle que la mayoría de los escaños, tanto en la
Cámara de Representantes como en el Senado,
se encuentran controlados por el presidente Bocanegra tras unas elecciones que ganó mediante
el terror, bajo la presión de las hordas que no
había vacilado en desencadenar sobre su desdichado país para tal propósito, y que al grito grotesco y ominoso de *Viva el PP* (Padre de los Pelados, en abreviatura), arrasaban con todo. En tales
circunstancias, el senador Rosales, que hasta entonces y a lo largo de su vida se había venido
ocupando tan sólo de administrar su patrimonio
como tantos otros grandes hacendados, sin más
contactos con la política y el gobierno que los
propios y normales en un hombre de su posición,

se creyó obligado a entrar en la liza, tomando
parte activa en los negocios públicos. Y, por natural gravitación, se convirtió en seguida en líder.
Durante los últimos tiempos, su talla había crecido enormemente; pues mientras los demás pro-
pietarios se sentían irritados, perdidos y en pleno
desconcierto, él conservaba la sangre fría y, sobre todo, había sabido montar la estrategia contra el bocanegrismo, con vistas a sacar de la
anarquía a su patria. Según se lee en uno de los
recortes de prensa que, como apéndice, tuve el
honor de elevar a V. E. con uno de mis pasados
informes (y se trataba, por cierto, de un artículo
donde la inspiración oficiosa era transparente),
al senador Rosales se le imputaba, en efecto, ante
la opinión pública (y no sin motivo, a mi parecer, cualquiera fuese la verdadera entidad del
asunto), ser el alma del abortado complot militar
descubierto meses atrás. Con todo esto, puede
calcularse cómo ha caído la noticia de su asesinato
entre unos y otros. Baste decir (y V. E. perdonará que a título de ilustración aduzca estas tri-
vialidades) que el locutor de radio a quien le oí
la noticia recién ocurrido el crimen lo difundía
con la voz temblona, y trabucando las palabras.
    »Al presente informe agrego, para que V. E. se
forme un mejor juicio, muestrario de las actitudes, menos vivas ya, pero más meditadas, de la
prensa. De esos recortes se desprende la genera-
lizada convicción de que este hecho de sangre
reviste carácter decisivo. A partir de él, la tensión
existente habrá de resolverse de un modo u otro.
Y, salvo mejor opinión, yo temo que, a menos
de producirse una reacción sana, por ahora muy
improbable, lo ocurrido sólo sirva para acen-
tuar los males presentes y hacerlos irreparables.
Comparten conmigo esta impresión los más sensatos y experimentados miembros del cuerpo diplomático. Es más: se piensa que la supresión

del senador Rosales no ha sido decretada sin cuidadoso examen previo de los pros y los contras.
En todo caso, no se trata de un hecho esporádico, a cargo de irresponsables. Interesa señalar
al respecto que, desde hace ya bastantes días, venían circulando rumores extraños acerca de la
supuesta atrocidad que un grupo de campesinos,
colonos o braceros suyos, habría intentado perpetrar sobre el Sr. Rosales, sometiéndolo en pleno
descampado a una brutal operación quirúrgica
con el obvio propósito de privarlo de toda base
para ulteriores alardes de masculinidad. Cosas
tales —debo advertir entre paréntesis a V. E.—, no
son impensables en este medio social bárbaro del
agro americano. Yo creo, sin embargo, que el
rumor fue puesto en circulación con el mero propósito de desacreditar ante el vulgo la hombría
de un poderoso y temible enemigo político. Pero
de todas maneras indica ya designios agresivos
en vista de los cuales no sería temerario calificar
de muy premeditado el atentado de ayer. Falta
ver ahora cuáles sean los resultados de la inves-
tigación abierta por orden del presidente del Senado, quien, considerando el asunto incluido en
el fuero parlamentario, ha encargado de las diligencias al capitán de la guardia. Hasta el momento, que yo sepa, no ha habido detención
alguna.

»En sucesivos informes tendré a V. E. al corriente de cuanto vaya ocurriendo.»

## Cinco

Es así como el ministro plenipotenciario de España —un funcionario, según puede advertirse, bastante celoso y nada tonto— refiere a sus superiores jerárquicos la muerte del senador Rosales. Que no anduvo descaminado al apreciar el alcance del episodio, bien se ve: el tiempo se ha encargado de mostrarlo. Mucho me hubiera interesado a mí conocer su reacción frente al hecho de que, pocos meses después del luctuoso acontecimiento, el hermano mismo de la víctima tomara posesión de una cartera ministerial, jurando fidelidad a quien, expresa o tácitamente, todo el mundo señalaba como autor moral del asesinato. Pero, por desgracia, en mi descabalada colección de documentos falta —si es que, como doy por seguro, lo hubo— copia del informe correspondiente.

En cuanto a los comentarios que por todas partes se hicieron, aquí en nuestro medio ambiente, sobre el proceder del tal Luisito Rosales, no necesito que nadie me los refiera. A granel los he oído para todos los gustos y en todos los tonos, desde el indignado hasta el despectivo, desde el divertido hasta el sarcástico. Ni siquiera faltó un periodista, el gallego Rodríguez, que compu-

siera una letrilla, bastante mala por cierto, llena
de los cien mil disparates, pero no menos colmada
de ironías punzantes, donde, además, había una
puntadita de paso para mi tío, el general Malagarriga; puntada injusta en el fondo, pues, aun
cuando sea innegable que él había sido el primero en servir, como decía el gallego, a PP, el
*Pai'e los Pelaos*, aceptando el ministerio de la
Guerra, cosa que yo mismo tuve que desaprobar
en su día, el caso de este pobre Antenor no pre-
sentaba las particularísimas circunstancias agra-
vantes que hacían imperdonable el de Rosales. La
verdad es que si el propósito perseguido por Bocanegra al incorporarlo a su gabinete (me refiero
a Luisito Rosales) era, como se suponía, desacreditar y ensuciar de una vez por todas, después
de haberla arruinado, el nombre de esa vieja e
ilustre familia, nadie dudará que lo consiguió con
creces: la rechifla entre las personas decentes fue
inmensa, tanto más que el aliento de la envidia
atizaba en muchos casos el fuego de la indignación moral.

En contraste, me llamó la atención hallar en
las memorias de Tadeo Requena un párrafo donde, incidentalmente, no ya disculpa, lo que en
él sería mucho, sino que hasta defiende con pasión (con lo que en tan frío y desabrido sujeto
puede llamarse pasión) la vituperada conducta
de su preceptor, frente a quien, en otros aspectos,
suele mostrarse crítico en exceso. Aquí, hace francamente su apología... *Rara avis* es el bípedo
implume; y más, este espécimen extraño que se
llamó Tadeo Requena. A lo largo de su manuscrito, la personalidad más bien insignificante, mínima, del doctor Rosales le preocupa, lo obsesio-
na e incluso diría que lo fascina. A pesar del
fastidio visible que esta especie de sujeción ima-
ginativa le produce, y de la impaciencia con que
a veces quisiera sacudirse de ella, vuelve una vez

y otra y siempre, gira, y torna, y se da de cara,
sin dominar nunca la situación. Cuanto más quisiera afirmarse frente al endiablado viejo, más
se siente resbalar en presencia suya; más desconfianza, más recelo muestra. Al principio, lo desconcierta la amabilidad del prócer. Se pregunta,
palurdo, si esa benevolencia (condescendencia es
la palabra que emplea él) no sería sino una manera de adular al jefe. Y cuando el otro le abre
de par en par ante los ojos el cofre de sus tesoros
culturales, ve en ese despliegue, no generosidad,
sino un deseo de humillarlo, seguro como podía
estar el doctor de que su educando, aunque hundiera, ansioso, ambas manos en el arca de tales
joyas, siempre obtendría botín mezquino en comparación con lo que debía dejarse allí; y, para
colmo, este pequeño botín tenía que ocultarlo todavía como si fuera robado, porque de cualquier
manera tales adornos eran impropios de él y se
despegarían de su figura.

No me atrevo yo a negar que tuviera razón el
mozo, siquiera en parte, cuando piensa por ejemplo que había una fuerte dosis de vanidad en los
extemporáneos alardes eruditos del doctor Rosales, y que aquel pobre chiflado (que es lo que en
el fondo era el tal Luisito) lo tomaba a él como
pretexto para dar rienda suelta a sus fantásticas
charlatanerías. Sí, Luisito Rosales había sido
siempre un extravagante sujeto, y su muerte confirmaría luego que esa extravagancia tocaba los
linderos de lo patológico. En la cortedad de nuestro ambiente, seguía soñando el hombrecito con
sus tiempos de estudiante en París, un París ya
bastante pretérito, y por si fuera poco, falseado
todavía por su imaginación en el recuerdo. Sumido en nuestro crudo trópico, se sentía siempre
*docteur ès lettres* por la Sorbona; y eso es grave.
¿Puede extrañar a nadie que el joven Tadeo no
le entendiera? Lo que él esperaba de su parte

—y hubiera entendido bien— es la actitud propia
de uno de los señores de San Cosme, de un Rosales, que en circunstancias equis toma bajo su
protección a un muchacho del poblado, y se pone
a instruirlo. Y ese muchacho del poblado, que
era él, se ajustó desde el comienzo, casi por instinto, a semejantes expectativas. Pero, para confusión suya, nada fue así: el doctor rompía a cada
paso el esquema, y lo dejaba a él danzando en
la cuerda floja... Tadeo parece perdido en conjeturas, tratando de comprender por qué el otro
se esfuerza, se afana y se esmera con él tanto.
Lo que más le desconcierta son las frases ambiguas
de aquel loco: nunca está seguro de si habla de
veras o en burla; nunca ve claro a dónde quiere
ir a parar con cuanto dice o hace...

No es, por supuesto, cosa que ataña directa, ni
apenas tampoco indirectamente, al argumento de
los hechos históricos cuya documentación y esclarecimiento tienden a preparar las presentes notas; mas, a pesar de ello, recogeré aquí algo de
las memorias del secretario particular en cuanto
se refieren a su relación con el doctor Rosales y
a su contacto inicial con el mundo de los señores, que antes sólo había entrevisto. Exultante
de gozo, y con baladronadas que poco encubren
el temor, antes lo delatan, cuenta por ejemplo
Requena su primera entrada en la casa que el
ministro de Instrucción Pública tenía puesta ahora en la capital. El joven pueblerino ansiaba encontrar allí a los hijos de don Luisito, y temblaba
al mismo tiempo ante la sola idea de enfrentarse
con ellos; o, para decirlo exactamente, con ella,
con María Elena; pues el chico, Angelo, apenas
podía preocuparle. «María Elena —relata luego—
me saludó como si jamás antes me hubiera visto.
Ahora traspasaba yo esas puertas convertido en
*brillante promesa;* era *un distinguido represen-*

*tante de la nueva generación que, vigorizada con
la infusión de sangre popular constituye las mejores esperanzas de la Patria;* y seguramente creyó
generoso de parte suya, y discreto, y prudente,
olvidarse del harapiento y del descalzo que quedaba atrás, y no acordarse de haberme observado
tantísimas veces desde el balcón o desde detrás
de la reja, cuando ella cuidaba al bobo de Angelo
y se entretenía mirando a la calle, mientras yo
procuraba, como los demás, lucirme, dándole el
espectáculo gratuito de nuestras majaderías, de
nuestros alardes, durante las tardes largas y abu-
rridas del pueblo.»

Así escribe; quiere colocarse retrospectivamente por encima de las circunstancias; y hasta mis-
tifica muy a sabiendas, pues las parrafadas que
cita de los periódicos, y hacia las que afecta un
talante irónico, pertenecen a momentos posteriores, son de cuando se publicó su nombramiento
para el cargo de secretario del presidente, y por
lo tanto no se refieren al pobre gaznápiro que
ese insensato de Luis Rosales introdujo aquel día
en su casa. Cuenta en seguida que, al presentárselo su padre como un joven de «nuestro» pueblo
de San Cosme, ella, María Elena, le echó una mirada límpida y olímpica (dos palabras que, sin
duda, aún no había él oído por entonces; otra
especie de pequeño anacronismo), mientras que
Angelo —hecho ya un zanguango, dice, con cañones de barba en su cara cretina— dio en cambio
muestras de agitado regocijo (¿qué había de disimular el infeliz tonto?), traicionando así la impasibilidad de su hermana.

Impasibilidad falsa, estudiada y que a nadie podía engañar. «¿Que nunca me había visto antes?
¡Bueno! Ganas me estaban dando de recordarle
aquella vez en que nos sorprendió a unos cuantos, pegados a la reja de la ventana, y bien calla-
ditos, cazándole moscas a Angelo para ver cómo

se las comía el muy asqueroso. Huimos, claro, al
sentirla acercarse, pero todavía estoy viendo la
indignación que le ardía en los ojos y le escaldaba
la cara, al tiempo que sacudía por un brazo al
tal Angelo, como si nosotros tuviéramos la culpa
de que fuera bobo... ¿Se le iba a haber olvidado?»
¡Repugnante escena! Y ¡qué reveladora! La
verdad es que yo mismo no me explico para qué
tenía Luisito que haber metido así en su propia
casa a aquel bellaco; y la única respuesta es que,
sencillamente, nuestro hombre estaba medio des-
chavetado, sin que se le pueda culpar ni de eso
ni de nada: era lo que se dice un irresponsable;
y tampoco soy yo de los que creen que si había
aceptado el ministerio que le ofreciera el verdugo
Bocanegra fue por pura vocación de vileza, sino
a lo mejor por mera chifladura, absurdo, disparate, cualquier cosa, lo que menos se piense. Sus
motivos eran del todo incalculables. De pronto,
se le ocurre un día entusiasmarse con el mozo
avispado cuya educación había tomado a su cargo y, viendo que progresaba tanto y que aprendía
con tanta facilidad, ya todo le parece poco: hasta
lo sienta a su mesa... La reacción del otro es tí-
pica: si aquel señor le daba semejante trato, era
para burlarse de él, y ponerlo en aprietos. Por
lo pronto, se ofrecía la función de circo de su
cortedad, de su torpeza, de su falta de maneras;
y luego (dos pájaros de un tiro) se propiciaba así
para el futuro a quien, sin duda, estaba llamado
a prosperar bajo la decidida e inequívoca protección del jefe.

Tadeo encuentra objetable, cuando no reproba-
ble, todo lo que su preceptor hace. Aun las enseñanzas de que con tanta avidez aprovecha, le parecen poco prácticas: «no comprendía —dice—
que yo no estudiaba para ser ningún sabio, y que
de cualquier manera siempre estaría a punto de
mostrar la hilacha. Ignorante y muchacho como

era, entendía yo mejor que él lo que me convenía
y necesitaba para defenderme en la lucha del
mundo. ¿Florituras, pamplinas? *A quoi bon, mon-
sieur?* —le remeda—. Ese barniz de que él hablaba con desprecio era precisamente lo que a mí
me hacía falta, y nada más». El estilo de las memorias evidencia, sin embargo, que su curiosidad,
su interés, su aplicación y sus dotes rebasaban
con mucho los límites de tan sumario aprendiza-
je. Pero la cosa era hallar censurable, por fas o
por nefas, a quien lo acogía y beneficiaba.

Sólo en un punto, como antes dije, encuentra
plausible la conducta de Rosales; y es, por cierto,
en el cuestionable punto de su aceptación del ministerio. Al joven Tadeo Requena, el hecho de
que don Luisito entrara al servicio de quien acababa de asesinar a su hermano, el senador, lejos
de parecerle una ignominia, o siquiera una debilidad, le revela del modo más inesperado la inteligencia, sagacidad, sensatez y tino de su preceptor. Para él, Rosales demostró ahí un sentido muy
agudo de las oportunidades, y se acreditó como
persona lo bastante prudente para escarmentar en
cabeza ajena, y lo bastante habilidosa para sacarle a la situación el posible partido, acomodán-
dose a tiempo. «El de ministro —reflexiona— no
es puesto desdeñable, y mucho menos cuando se
ofrece bajo la alternativa de ruina, y aun de
muerte. El doctor Rosales —añade— supo darse
cuenta, antes de que fuera demasiado tarde para
él, de que ya hoy nadie puede oponerse impunemente a las reivindicaciones populares, como había pretendido hacerlo, con toda su brutal arrogancia, su hermano mayor, el odioso don Lucas.
Y ¿acaso es malo aceptar la realidad?», se pregunta.

Seis

A propósito de éste, de don Lucas Rosales: mucho mayor importancia, en conexión con los actuales trastornos de nuestro país, revisten las noticias acerca de aquella rara agresión que, según rumores, sufriera el senador en su distrito, consignadas —también por vía incidental y digresiva— en las memorias del secretario Requena. Se trata de un antecedente importantísimo, que sin duda merece cuidadoso esclarecimiento; y los detalles suministrados por Tadeo (quien a la sazón, entre niño y hombre, holgazaneaba en San Cosme todavía) van a permitirme a mí establecer ahora con precisión satisfactoria el alcance de lo sucedido. Pocos podrían jactarse de conocer con exactitud la barbaridad que, antes de suprimirlo a tiros, se perpetró en el llorado senador. Aquella «operación quirúrgica», de cuya realidad no parecía estar demasiado convencido el ministro de España cuando redactó su informe, se había cumplido en efecto, y ¡de qué manera! Copiaré a la letra los párrafos con que Requena, sin pretenderlo, puntualiza los hechos y sirve a la verdad histórica. El sesgo que, siguiendo la espontánea inclinación de su juicio, les presta, la luz a que los presenta, es para mí perversa y antipática;

pero sus palabras poseen en cambio la virtud
única de la autenticidad, y un sabor directo que
no quisiera restarles: el historiador debe, en lo
posible, aportar los documentos originales que le
sirven de fuente. Por lo tanto, reproduzco aquí las
frases mismas con que Tadeo se refiere al senador Lucas Rosales y a la cruel afrenta que sus
enemigos le infligieron antes de resolverse a matarlo.

«Me lo veo —escribe el secretario particular—;
me lo veo aún, enorme y taciturno, con su gran
sombrero sobre las cejas, el cigarro en la boca,
y las altas botas de cuero bien lustrado. Recor-
dando su presencia imponente, nadie hubiera podido decir que mi don Luisito fuera hermano
suyo. El bestia aquel ofrecía al odio de arrenda-
tarios, aparceros y peones la corpada más gigante
que yo haya visto en mi vida, si no es que ahora
se me crece su sombra en la memoria. De cualquier manera, aparecería muy fornido y, sobre
todo, tan seguro de sí como si el mundo fuera
su finca. A caballo, metía miedo: la gente bajaba
la cabeza o distraía la mirada mientras pasaba el
torbellino; pero cuando iba a pie no había quien
no se le sacara el sombrero llamándole patrón y
amo. Por eso, cuando cayó al fin, nadie se atrevía
a creer; la noticia produjo estupefacción primero; y luego, a las pocas semanas, alivio. Muerto
y enterrado, todavía se lo mentaba en voz baja...»

Requena se permite a continuación algunas
apreciaciones de mal gusto sobre la famosa «operación quirúrgica», y en seguida cuenta lo que
sabe: «Al propio Chino López le oí —dice— ufa-
narse de su hazaña, pasado el tiempo. Borracho
y muy rogado, a veces relataba el episodio señalando lugar, día y hora (el paraje, ya lo había
visitado yo, a raíz del hecho, con una patulea de
otros muchachos: era la cortada de San José Bendito), y hasta dando los nombres de sus auxiliares,

forasteros todos, con detalles y peripecias que, si
no eran pura invención, sonaban por lo menos
a exagerados. Pero el hombre estaba pasado de
aguardiente; sólo así hablaba; y entonces, sí, entonces le salía todo a borbotones, entre gestos,
manotazos y risotadas. No menos de cinco hombres necesité —decía— para dar el golpe. Los
elegí bien fuertes y resueltos, y no fue poco el
trabajo que me costó encontrarlos. Aquí, en San
Cosme, nadie quería atrevérsele, caramba. Todos
lo aborrecían, todos se alegraban de la idea; pero,
amigo, los muy mandrias no se animaban, llegado el momento; y al fin hubo que echar mano
de forasteros, que no lo conocieran. Mejor así,
¿no les parece? La faena salió redonda, no lo
digo por alabarme; y aquellos voluntarios reci-
bieron, todos, sus quince días franco y el ascenso
a cabo. Hasta dicen que uno es ahora suboficial
de la escolta en el Palacio. En cuanto a mí —men-
tía el Chino—, no quise nunca otra recompensa
que el puro gusto... Así charlaba y presumía; y
cada vez que repetía el cuento, variaba algún detalle; pero lo cierto es que, apostados en la cortada, allí donde el sendero se angosta con el lujo
de los flamboyanes y los bambús, cayeron por
sorpresa sobre el patrón, lo derribaron, le metie-
ron la cabeza en un saco y, bien sujeto al suelo,
el Chino le hizo al muy hombrón lo que solía
practicar con becerros y novillos. —Para uno,
imagínense los caballeros —alardeaba—, eso era
coser y cantar. Pero ¡cómo se debatía, y cómo
insultaba y amenazaba el condenado! Se le abría
de par en par la boca al Chino López, se le dilataba el bigote ralo sobre los dientes podridos, y
los ojillos se le perdían en meras rayas sangui-
nolentas. —¡Mano de santo, amigo! —agrega-
ba—. Le dije: Vea, mi amo, ahora usted va a tener
que andar cacareando. En este corral, se acaba-
ron los gallitos. Sí, quise plantárselo en la cara,

qué diantre. ¡Que lo supiera!, ¡no me importaba! Más diré: aquello no me hubiera dado entera satisfacción si su señoría se queda en la ignorancia de qué mano maestra lo había convertido en buey... En esta pausa fue que el gallego Luna va y le pregunta al Chino para que todos se rieran:

—Y dime, Chino, ¿dónde fuiste a esconderte luego, que nadie te vio más la jeta en dos meses? Porque al Chino se lo había tragado la tierra después de consumada su jugarreta, y sólo cuando se hubo confirmado la muerte del senador en las gradas del Capitolio empezó él a asomar de nuevo con precaución el hocico. Lo cual, después de todo, es muy lógico: nadie va a exponerse a la venganza del poderoso. Los humildes, por más promesas que se les hagan, nunca tienen guardadas las espaldas, hay que desengañarse; y el difunto, aunque sólo dejaba dos hijos en menor edad, tenía amigos, y tenía este hermano, el doctor, que por entonces era todavía una incógnita, pues aún no estaba trabado por un cargo de responsabilidad y viso. La viuda —que también era de cuidado— se expatrió con los niños; don Luisito adoptó el partido razonable, a los muertos no se los puede resucitar; y el paso del tiempo hizo lo demás.»

Eso es cuanto refiere. El joven y aprovechado secretario termina así, como siempre, el relato con el colofón de sus dudosas moralidades. No dice, por supuesto, que se alegrara; pero el minucioso regodeo con que ha recogido la escena repugnante del Chino aireando en la cantina sus glorias militares lo delata. Me pregunto yo qué hubiera pensado el señor secretario particular don Tadeo Requena si llega a conocer el final que la suerte reservaba a su Chino López, cuando ya se las prometía tan felices: colgado por las patas, y tragándose sus propias vergüenzas...

## Siete

Pero, no; lo más probable es que no hubiera mostrado asombro alguno; seguramente no se habría asombrado. A Tadeo nada le espantaba, nada parecía sorprenderle, bueno o malo, fausto o infausto. Sujeto imperturbable, no hay cosa que lo inmute; y podría creerse, si no enseñara a veces la oreja de su astucia palurda bajo esa cubierta de apatía, que eran las virtudes del estoicismo las que lo mantenían ecuánime, siquiera en lo externo. ¡Qué Tadeo Requena! Ahora el hombre ya no existe: lástima no haber reparado más en él y haberlo observado mejor, cuando vivía. Pero ¡cualquiera adivina!... Mientras callaba y callaba, ahí lo tenemos tan aplicado a sus memorias. Va contando los pasos, uno por uno, de su festinadísima carrera. Con la mayor naturalidad recibe un nombramiento y disfruta un sueldo de oficial segundo, temporero, para subvenir, explica, a los gastos de sus estudios, sin otro trabajo que el de ir a firmar la nómina cada fin de mes. En seguida —sí, en seguida— obtiene, sólo Dios y Luisito Rosales saben cómo, el diploma de doctor en Derecho y Ciencias Sociales para, sin pérdida de tiempo, asumir el cargo de secretario particular de su excelencia, e instalarse en el Palacio Nacional, de modo que siempre lo tuviera a mano el jefe en cualquier prisa. Todo esto son para él meros decretos de la fortuna, cuyos gratuitos dones acepta sin pestañear. Acaso no piensa merecerlo todo, sino más bien, que en el fondo nadie merece nada; y así, al que le toca la lotería, que se disfrute su premio, tranquilamente... Instalado ya como secretario, hosquedad, pocas palabras y ceño adusto constituyen su parapeto defensivo. Jamás descubre los flancos de su cortedad, de su mal remediada ignorancia. Se encierra en cauteloso silencio, y da órdenes perentorias, transmite instrucciones, omite juicios. Mientras tanto, observa, escucha, toma nota de cuanto ocurre, y, sobre todo, escribe, escribe, escribe... En el secreto de sus memorias desliza aquellos comentarios (expresos rara vez, con mayor frecuencia implícitos) que jamás se hubiera aventurado a formular de viva voz.

Bajo su manto de habitual frialdad, lo vemos describir, por ejemplo, con fruición perceptible, pero al mismo tiempo con ojo crítico, las incidencias de la primera celebración de la Fiesta Nacional a que hubo de asistir en el séquito de su excelencia· Se recrea en precisar el orden de la comitiva, la variedad de los uniformes, los distintos pasos y ceremonias, el aspecto de la concurrencia. Verse dentro de la tribuna presidencial durante la parada es motivo para él, aunque quiera disimulárselo a sí mismo, de desmesurada satisfacción. Fue entonces cuando se le vino a las mientes la broma aquella del gallego Luna, quien, aludiendo a su parecido físico con Bocanegra, le había pronosticado una vez —él lo da como pronóstico— que las tropas lo saludarían al paso. «Claro —reflexiona— que en la presente ocasión el saludo no iba dirigido todavía a mí en particular, sino a cuanto representaba la tribuna, embanderada, adornada de gallardetes y escudos, y

sobre todo al Jefe, que, inmóvil como una estatua, ocupaba el centro de la primera fila, entre
el arzobispo y el ministro de la Guerra, ese pobre
general Malagarriga, tan ajeno a que ésta sería
su última fiesta patria. Detrás se alineaban todos
los demás ministros del gobierno, y, luego, sin
guardar ya precedencia jerárquica, los otros fun-
cionarios superiores de la Casa presidencial, entre
los cuales ocupaba yo, por cierto, un lugar des-
tacado. Al pie de la tribuna, desplegados en perfecta formación, los granaderos de la escolta or-
naban, cubrían y protegían el tinglado.

»El desfile, entre unas cosas y otras, había comenzado con retraso, cerca del mediodía —sigue
contando el joven Tadeo— y, aunque no eran
todavía fechas de excesivo calor, pues estábamos
a 28 de febrero (la Fiesta Nacional cae en 29; es
sabido que nuestro Glorioso Grito Libertador tuvo
lugar un sábado 29 de febrero; pero no vamos
a esperar los años bisiestos para celebrarlo), de
todas maneras el sol castigaba cruelmente, filtrado
a través de unas nubes cuyo plomo parecía a
punto de derretirse. Ya antes de empezar el desfile, las ambulancias habían tenido que retirar de
las filas a tres o cuatro soldados; y ahora ahí en
la tribuna, me divertía yo observando cómo el
general Malagarriga, todo sofocado, y también
él al borde de la insolación, separaba con el
dedo el cuello de su uniforme para estirar el pescuezo como una tortuga, o se enjugaba con un
pañuelo el sudor que le chorreaba desde la badana
de la gorra. Sólo nuestro Jefe, entre todos —también el prelado sudaba a chorros—, sólo Bocanegra parecía insensible a cualquier fatiga, invul-
nerable al flagelo del sol, y encantado del espectáculo, absorto en él, si no es que se complacía
incluso —admirador como era de la educación
espartana— en someter a prueba la debilidad de
sus colaboradores. Pues la verdad es que la fiesta

se dilataba, se dilataba, se dilataba hasta lo interminable; eran ya varias horas de desfile, y aun para quien por vez primera presenciaba tan brillante alarde militar, su prolongación lo iba convirtiendo en una pesadilla. No sé cuántas veces habían evolucionado ya en el aire desde por la mañana, nuestras dos escuadrillas de aviación. Habíamos visto pasar, inacabables, ante la tribuna, nuestras mejores tropas de línea, la artillería, la caballería, las unidades motorizadas, los servicios auxiliares, dejando largas pausas entre sección y sección, cuerpo y cuerpo. Ahora —¡por fin!— parecía que ya iba a cerrarse el desfile con lo que era el número fuerte y la novedad del año: esa poderosa brigada de la Policía Montada, reformada, cuyos escuadrones, bajo el mando de Pancho Cortina, habían mantenido su apretada formación, estacionados frente a nuestra tribuna, con tan estricto rigor de disciplina —emparejadas todas las hileras de caballos, rígidos y erguidos los hombres, relucientes las armas y charoles— que hacían contraste, a veces penoso, con el desigual continente y también desparejo equipo del ejército regular, donde lo que más importa después de todo es el número de la tropa, aunque sea a expensas de la calidad, que con nuestro material humano tampoco podría ser nunca gran cosa. El éxito de presentación de la nueva Policía Montada fue tan lisonjero que hubo de valerle a su comandante, Pancho Cortina, el ascenso decretado para la Gaceta oficial del día siguiente. En realidad —y este es un secreto que pocos conocen— la guardia de su excelencia durante el acto había estado a cargo de esa flamante fuerza, colocada frente a la tribuna, como más digna de confianza que la decorativa escolta presidencial, situada al pie.

»Ahora sí, ¡ya!; ahora comenzaba por último a evolucionar la Policía. Pancho caracoleando su

caballo, y con el sable en actitud de saludo, ofrecía al presidente su sonrisa de galán de cine y
tomaba posición, mientras la banda del regimien-
to de lanceros de Tucaití atacaba los acordes del
himno patrio... En aquel momento, eché una mirada al Jefe. Firme, tieso, entornaba los ojos, escuchaba los primeros compases de esa música,
símbolo de las glorias y de las esperanzas nacionales, mientras en la enorme explanada que
se extendía ante nuestra tribuna la multitud, militares y civiles, tropas y público, guardaban la
actitud compuesta y solemne que es de rigor cuando uno se apresta a cantar el himno de la Patria.
»Pero yo no sé si es que ya estaba uno demasiado cansado; el caso es que, al cabo de un rato,
también esto me pareció que se prolongaba más
de la cuenta: proseguía, interminable, la música;
las gentes empezaban a mirarse unos a otros, y
Bocanegra no terminaba de dar la señal de costumbre al director de la banda para que éste
cerrara la ejecución de la venerable pieza. Es el
caso que nuestro himno patrio tiene, entre otras
peculiaridades, la de carecer propiamente de principio y de final: consta de un solo motivo, simple,
breve y grandioso como nuestra Historia misma,
un motivo que se desdobla y se repite en dos
ritmos diferentes, muy lento el uno, y el otro
velocísimo, y de su alternancia resulta un contraste de noble dramatismo. Esto es lo que no
ven quienes lo critican. Será si se quiere —yo de
música no entiendo nada— una musiquilla ram-
plona; pero a todo buen ciudadano debe emo-
cionarle. Cuando menos tiene el mérito de ser
obra de un compositor nuestro, sin que hayamos
debido acudir a la inspiración foránea como nuestros arrogantes vecinos, quienes, con todas sus
pretensiones de gran potencia, no podrán negar
que le deben su himno nacional a los buenos oficios de un artista catalán. Todo lo modesto que

se quiera, el nuestro es al menos fruto del talento
nativo, y su letra, concebida dentro de las grandes tradiciones hispanoamericanas, repite esos
conceptos que tanto suelen mortificar a los co-
merciantes peninsulares, mal reconciliados con la
idea de que nuestra pequeña república venciera
—nuevo David— a la Madre Patria y, rompiendo
sus cadenas, humillara al orgulloso león que la
simboliza. El público la había cantado a coro
al comienzo; pero ya las voces amainaban, desfa-
llecían, mientras que la banda continuaba, en
cambio, impertérrita, repitiendo sus notas apresuradas tras haberlas escanciado poquito a poco,
en el movimiento anterior, para retornar a éste
en seguida... Claro está que, por regla general,
cada movimiento no se repite sino tres veces, y
basta; ni dan para más tampoco las estrofas de
la letra. Pero en los actos oficiales, en presencia
del señor presidente y por respeto a él, la música
prosigue hasta que su excelencia muestra, con
un ligero signo de cabeza, darse por satisfecho.
Este signo es el que ahora espiaba con ansiedad
el director de la banda; con ansiedad, y en vano,
porque Bocanegra parecía hallarse en las nubes.
Los del séquito lo observábamos con inquietud,
pero él no se conmovía, y aquello iba tomando
aires de un remoto y angustioso ensueño: nos
sofocaba el sol, la parada lucía irreal en el aire
caliginoso, y se arrastraba la música como si fuera a desintegrarse de un momento a otro... Cuando he aquí que, de improviso, al pie mismo de
la tribuna, bajo las patas de los caballos de la
escolta, comienza a ladrar furiosamente un perro.
Imposible dar siquiera idea del efecto rarísimo
que, en medio de tanta solemnidad, producía
aquella nota inesperada e incongruente. Era un
perro pequeño, sin duda; pero ladraba con tal
estridencia y con tan persistente encarnizamiento
que sus ladridos conseguían enredarse en los

acordes de la banda y, a ratos, incluso, domina-
ban sobre su melodía. Algo absurdo de veras, có-
mico, indignante, no sé.

»Y a todo esto, Bocanegra continuaba en la misma actitud, como si se le hubiera ido el santo al
cielo, sin querer darse por enterado de nada. El
muy desgraciado se complace con frecuencia en
hacer cosas por el estilo; diríase que tiene una
vena de loco... Pero eso no es todo. Por si ello
no bastara, y quizás porque el disparate atrae al
disparate, todavía, en medio de esta situación increíble, observo de pronto que el doctor Rosales
rebulle en su fila, se separa de sus compañeros
de gobierno y, muy decidido, se lanza a bajar la
escalerilla de la tribuna. Yo me eché a temblar:
¿a dónde iría? Pues, créase o no, sin encomen-
darse a Dios ni al diablo, el muy majadero fue
a atizarle una feroz patada al perro ante los ojos
innumerables de la tropa y del público. Desde
mi puesto, comprendí yo lo que había ocurrido
cuando oigo transformarse los presuntuosos ladridos en lastimeros alaridos, y veo al chucho atravesar, corriendo, la avenida para perderse por
último entre las piernas de la multitud, mientras
el doctor, muy orondo, se reintegraba a su puesto
en la tribuna...

»Por fin, ahora esbozaba el Presidente en el
aire su ansiado ademán, y la música se extinguía
después de haber repetido una vez más los últimos compases, cuyo refrán seguía resonando, ob-
sesivamente, de labios adentro, en el fondo de
todos los corazones: *vencido, sí, sí, el altivo león.*»

# Ocho

Ganas me entraron de reír cuando, en las memorias de Tadeo, encuentro la referencia a ese disparatado apólogo del perrito impertinente y el ministro celoso. Al cabo de los años, ya me había olvidado por completo un episodio que tan comentado fuera en su día. Y la verdad es que resulta absurdo evocar ahora, en medio de las inquietudes actuales, en esta cargada atmósfera llena de serias amenazas, la fútil tempestad de discusiones que pudo desencadenar entonces peripecia tan risueña y mínima. Ciertamente, no teníamos por aquellas fechas demasiados temas de qué ocuparnos, y a cualquier tontería se le daban cien mil vueltas, se le prestaban proporciones descomunales. En este caso, además, estaba de por medio el extravagante Luisito Rosales, a quien muchos detestaban por haberse entregado —vendido, decían— al servicio del dictador. En la chifladura que acababa de cometer, en lugar de un claro síntoma de su estado mental, discernían esos irreductibles censores propósitos de la más abyecta adulación hacia Bocanegra, el colmo de la indignidad; mientras que otros, más razonablemente, condenaban no al pobre tipo, sino a un régimen capaz de tener bufón semejante a la cabeza del sistema de educación pública. Sólo Camarasa, que yo recuerde, por llevarle a todo el mundo la contraria, tomó entonces a su cargo la defensa de ese ministro que había descendido de su puesto en la tribuna para encajarle una patada al animalito perturbador. Lo que había hecho Rosales —sostenía Camarasa, siempre a su irritante manera— contenía una lección práctica de democracia para tanto personaje engolado; por consiguiente, estaba muy dentro de sus funciones de ministro de Instrucción Pública. Y ¿a que si es Bocanegra mismo quien realiza una cosa por el estilo todo serían ahora elogios y maravillas?, preguntaba; y nadie sabía a punto fijo, como siempre con Camarasa, si desbarraba en serio o es que quería tomarnos el pelo. La verdad es que hacía falta paciencia para soportar su constante tono de soflama.

En cuanto al secretario Requena, tampoco resulta fácil —volviendo ahora a sus memorias— darse cuenta cabal de cuál era su reacción ante la insensatez de Rosales. Hay en su actitud una especie de rara expectativa, no exenta de ansiedad, una suspensión ambigua, que corresponde y casa bien con el orden de sentimientos que desde un comienzo revela frente a él. Se recordará, por ejemplo, el alivio que confiesa cuando, llevado por vez primera a la presencia de Bocanegra, encuentra allí a don Luisito; pero ese alivio se le desvanece en seguida al pensar que el otro no tendría noción alguna de su persona. Y de nuevo se sorprende, y duda, viendo cómo Rosales, al encomendarle Bocanegra que se encargara de educar a «este joven compoblano suyo», no sólo dio muestras claras de reconocerle, sino que hasta le propinó un cariñoso pescozón y le preguntó por su madre, «esa buenaza de doña Belén». Pero, con todo, nunca se libra luego de la sospecha, y calcula que las bondadosas disposi-

ciones de su preceptor eran obsecuencia al jefe,
que sus desvelos pedagógicos nacían de su gusto
por charlar y exhibir grandes conocimientos, to-
mándolo a él de pretexto para dar rienda suelta
a su inagotable facundia. Seguramente —reflexiona en cierto pasaje— le hubiera encantado a tan
ilustre patricio adoctrinar y atiborrar de ciencia
no a un desgraciado cualquiera como yo, sino a
su único hijo varón, y heredero de su gloria;
pero ¡esas son las cosas del mundo!: su vástago, ¡ay!, era idiota de nacimiento; con Angelo
no se podía contar para nada: se pasaba las horas
muertas hilando baba en la ventana, y ya era
una fiesta para el muy bobo cuando algún muchacho del pueblo, cualquier desarrapado y muerto de hambre, como Tadeo mismo, sin ir más
lejos, se le acercaba, con el ánimo avieso de hacerle alguna perrería... Sí, a ése es a quien hubiera
querido enseñar don Luisito sus artes y sus ciencias. ¡Mala suerte, amigo!

En cuanto al episodio de la parada militar,
Tadeo cierra el relato de la primera fiesta patria
a que asistió en calidad de secretario particular
de su excelencia con los siguientes comentarios
y noticias: «Es curioso: de todo lo ocurrido en
la ceremonia —escribe—, la tontería esa del perro
se me había quedado dando vueltas en el magín,
y me producía una injustificada sensación de mal-
estar; injustificada, digo, porque después de todo,
en la magnificencia de una jornada así, nunca
faltan notas discordantes, detalles pintorescos,
pequeños pasos cómicos, cuyo interludio hasta
realza la solemnidad del conjunto. Pero, por lo
que pude ver, no fui yo el único a quien la pato-
chada del doctor Rosales había chocado; pues
cuando, terminada la fiesta, me reintegré a mi oficina, pronto me di cuenta de que la conversación
del personal, al otro lado de la mampara, ver-
saba precisamente sobre el tema. No me habían

oído entrar y, en la ignorancia de que los estaba
escuchando, Sobrarbe comentaba jocosamente el
episodio, para regocijo de las dos damas que, con
él, completan la secretaría a mis órdenes. Mucho
había corrido la noticia. Ellos estaban de guardia, no obstante la festividad del día, a la espera
de cualquier contingencia; y probablemente el
zascandil de Sobrarbe, faltando a su deber, se
había escurrido para asomarse al desfile. Ahora
payaseaba, con sus zetas y eses afectadas y sus
empalagosas risitas, ridiculizando al señor ministro ante sus compañeras de trabajo. Yo a Sobrarbe no lo soporto, y Adelita me irrita con su
actitud en exceso servicial, mientras que doña
Angustias sufre y hace sufrir a los demás las des-
igualdades de una menopausia ya demasiado larga. Pero los aguanto a los tres ratones amaestrados porque, al menos, conocen bien la rutina
administrativa y las que pudiéramos llamar costumbres de la casa. Cuando me hice cargo de la
secretaría, especialmente, fue para mí una bendición encontrarme allí aquel pequeño equipo adies-
trado, de modo que, con sólo dar una orden
—transmitirla, más bien, en la mayoría de los
casos—, ellos la cumplimentaban sin olvidarse de
todos los detalles y requisitos y pejigueras que
yo nunca hubiera sido capaz de tener en cuenta.
Hasta la fecha continúo con la misma práctica,
y las cosas marchan por sí solas, como quien
dice. Bocanegra me expresa su deseo, y yo pongo
a funcionar el mecanismo: a poco, las instrucciones del Jefe están cumplidas. Y más de una vez
se ha dado el caso de que, incluso, los ministros
se enteren de los decretos correspondientes a su
departamento respectivo leyéndolos en la Gaceta
oficial, o aun por noticias de la prensa diaria.

»Precisamente eso es lo que había de ocurrir
aquel día con el ascenso de Pancho Cortina. Al

volver de la fiesta, y conforme subíamos las escaleras principales del Palacio, el presidente me
agarra del brazo, y me pregunta: ¿Qué tal? ¿Qué
te ha parecido el desfile? Formidable, ¿no? Sobre todo el broche final, con la Policía Montada.
La verdad es que ese Pancho se ha lucido, y hay
que recompensarlo; se merece un ascenso. Vamos a hacerlo coronel, Tadeo. Me traes a firmar
el decreto, para que mañanita se lleve el mozo
la gran sorpresa... La gran sorpresa —dicho sea
entre paréntesis— quien se la llevó fue el ministro de la Guerra, general Malagarriga, que al
día siguiente me llamó por teléfono increpándo-
me, bajo el apelativo de joven con la mayor acri-
monia: —Oigame, joven... Le expliqué lo sucedido, tal cual: que eran órdenes de su excelencia,
de modo que... —No hay disculpa, joven —gri-
taba, hecho un energúmeno, al otro lado del
teléfono—. Si el señor presidente dispone que
tenga curso inmediato la propuesta que yo acababa de hacerle verbalmente (a mí se me reía la
cara, escuchándolo: Sí, sí), eso no lo excusa a
usted, jovencito, de observar los trámites de rigor.
¿No pudo, acaso, enviarme a refrendar el texto
del decreto con el mismo ciclista que lo llevara
a la imprenta? No quería apaciguarse; parece que
lo habían llamado de la redacción de *El Comercio* para confirmar la noticia del ascenso y pedirle
un comentario, y él no supo qué decir de la sorpresa. Por lo demás tenía razón, lo reconozco:
hubiera sido mejor hacer lo que él decía; pues
cuando a la mañana siguiente le llevaron el papel
para que, *a posteriori*, subsanara la deficiencia,
era ya demasiado tarde: el hombre había amanecido cadáver, y así hubo que archivar el decreto
sin firma de ministro. Pero ni eso podía preverse,
ni uno puede estar en todo. ¡Cualquiera anda
con tales miramientos cuando a Bocanegra se le

ocurre algo urgente! Aquel día, a pesar de lo cansado que estaba yo después del famoso desfile y tantas horas parado en la tribuna, apenas me hubo dado esa orden encargué a un conserje que me trajeran un sandwich y una cerveza a mi despacho y, mientras oía al personal que relajaba a propósito de la patada del doctor al can bullicioso, borroneé unas frases, las corregí y llamé en seguida al timbre: —Mire, Adelita, con la celeridad del rayo, ¿me entiende?, van a prepararme ustedes un decreto del ministro de la Guerra ascendiendo (tome nota) al teniente coronel don Francisco Cortina, Reorganizador de los Servicios de la Dirección General de Seguridad del Estado y comandante de la Policía Montada, al grado inmediato superior, es decir, a coronel, con retención del mismo empleo y mando. Los fundamentos del decreto (apunte, Adelita) son los siguientes (escriba): celo extraordinario en el desempeño de las comisiones recibidas, y notable capacidad de organización demostrada al frente del cuerpo especial de Policía Montada, etcétera.

»No bien había terminado yo mi frugal refrigerio, ya estaba preparado para la firma el texto del decreto, con su sello y todo. Bocanegra lo suscribió, casi sin haberse molestado en leerlo (tanta confianza me tenía), apartando un poco su plato a un lado: pues cuando se lo llevé, todavía estaban ellos a la mesa. Desde su sitio, me convidó la señora: —Siéntese a comer con nosotros, Requena—. Pero antes de que yo hubiera podido replicarle ya he comido y muchas gracias, respondió en lugar mío Bocanegra: —Ahora lo que tiene que hacer éste es salir disparado. Cuando todo esté listo —agregó, dirigiéndose a mí—, y tengas la seguridad de que ha pasado a la imprenta, vienes a tomar el café con nosotros... —Pues hasta las invitaciones —comenta el secretario—

asumen forma de mandato en los labios de Bocanegra.»

Y yo me pregunto si esta observación de Tadeo
representa una crítica, si expresa rencor o si rezuma admiración. No acierto con la respuesta,
aunque me inclino a pensar que todos esos sentimientos pueden hallarse mezclados en su ánimo,
sin que él mismo se diera completa cuenta. En
general, y a diferencia de lo que pasaba con el
doctor Rosales, que tanto lo inquietaba, que lo
ponía siempre incómodo y que era en fin para
él un enigma viviente, el joven Tadeo parece entender muy bien a Antón Bocanegra, el ex Padre
de los Pelados. Si lo acepta y lo aprueba, o no,
ese es ya otro cantar; si lo admira, lo teme, lo
respeta, si inclusive lo odia a ratos, resulta difícil
de saber; pero desde luego se ve que lo entiende
perfectamente. Habla de él como puede hablarse
del tiempo; como de un hecho que ni siquiera
tendría sentido ponerse a discutir. «Hasta las invitaciones asumen forma de mandato en los labios
de Bocanegra.» Es así, y basta, ¿no?

A Tadeo Requena le parece todo eso lo más
natural del mundo. Ni repara siquiera en las brutales desconsideraciones de su amo. Ya se ha visto
con cuánta indiferencia, con qué repulsiva frialdad, refiere el disgusto que le dieron a mi tío, el
pobre Antenor Malagarriga, y que sin duda fue
lo que le costó la vida. El cual era un hombre
débil, cierto; quien había hecho mal, desde luego,
en asumir —y ¡para eso, a la postre!— el Ministerio de la Guerra; pero que, de cualquier modo,
no era un desalmado como ellos sino, muy por
el contrario, todo un caballero, y un militar pun-
donoroso. ¡La falta de piedad y de respeto con
que este cachafaz consigna su muerte! Para él, lo
único lamentable es que el general no pudiera
estampar su firma en el decreto, y fuera menester archivarlo sin dicho requisito... Cada vez que

leo esos párrafos, la indignación me remonta de
nuevo al pecho; y no porque se trate de un pariente mío, y de una buena persona, sino porque
revelan la especie de canallas en cuyas manos
estábamos. Con razón nuestro país ha rodado hasta la sima donde hoy se debate, llora y sangra...

Nueve

Bien se entendían entre ellos, aunque al final terminaran destrozándose también los unos a los otros. Sí, el fiel secretario, el perro guardián, acabaría por asesinar a su amo; pero ¿qué importa?, eso no quita para que, desde el primer instante, sus relaciones con él fueran fáciles y corrientes como una seda. Con astucia aldeana, Tadeo había asumido la actitud más pasiva de callar, aguardar, obedecer, hacerse chiquito y abstenerse de toda iniciativa; de modo que su jefe, el Jefe, comenzó a utilizarlo poco a poco, y a probarlo conforme lo necesitaba, para convertirlo pronto en su íntimo e indispensable instrumento, que era, con seguridad, lo que de antemano había proyectado, deseado y querido, sin imaginarse que este instrumento, volviéndose en contra suya, podría serlo de su muerte. En verdad, eran tal para cual. ¡Con qué grosera satisfacción aplaude el secretario las insolencias de Bocanegra, y cómo se regodea en los vulgares triunfos que las debilidades, miserias y vilezas ajenas le proporcionan!

Por cierto, la degradación de nuestro ambiente público no dejaba de suministrar con frecuencia materia abundante para tan abyectos festines. Y voy a reproducir aquí la crónica correspondiente a uno de ellos, extractada del manuscrito de Requena. Este patán (¡que engañe a quien no conozca, como yo los conozco ahora, sus afanes de escritor clandestino!) describe la recepción del presidente Bocanegra en la Academia Nacional de Artes y Bellas Letras, acto al que también yo tuve ocasión de asistir para presenciarlo desde la tribuna de invitados especiales, y se permite ser sarcástico describiendo aquella orgía de bestialidad y humillación, que a mí, en cambio, me había dejado, lo recuerdo bien, indignado, deprimido, lleno de asco.

Insolente, ironiza Tadeo: «Buena, muy buena ha estado la ceremonia. Y el doctor Rosales, que tanto se había desvivido por lograr su mejor éxito, puede dormir satisfecho esta noche: los periódicos de la mañana calificarán con justicia de lucidísimo el acto. Nuestro muy ilustre presidente, que ya era doctor *honoris causa*, recibe ahora las palmas académicas. Si quisiera, podría ostentar por su turno, o combinados, el birrete de doctor, el espadín de académico, el bastón de mariscal, las charreteras de almirante y hasta, ¿por qué no?, el capelo cardenalicio, como hacen otros muchos jefes de Estado. Pero no; ¡qué va! Nuestro Bocanegra no se paga de baratijas. En lugar de esas galas, el único símbolo de su poder que le gusta exhibir son las espuelas de plata que jamás se le caen de los talones, aunque jamás se le haya visto tampoco montado a caballo...

»Pues así, con sus botas y sus espuelas, y la camisa despecheretada, ha acudido el hombre a sentarse entre los papagayos de la Academia, junto a su digno ministro de Instrucción Pública (quien en vano había tratado de sugerirle con toda clase de circunloquios la conveniencia de vestir, si no la casaca, al menos un traje de etiqueta) y a la derecha del presidente de la Docta Casa, nuestro laureado y decrépito poeta don

Hermenegildo del Olmo, que se mostraba, si obse-
quioso y torpe, muy decorativo con la suntuosa
pelambrera cana sobre el verde terciopelo del
cuello, bordado de ramitas y constelado de caspa.
Despatarrado entre ambos, Bocanegra se pasó
todo el tiempo que duraron los discursos, y no
fue poco, mirando al techo, con los brazos cruzados y la expresión ausente. Pero, entre tanto,
la fiesta discurría, como digo, brillantísima. Nadie
faltaba, por supuesto. Los plumíferos asignados
a la inmortalidad, todos ocupaban sus sillones;
y los aspirantes a ingresar, más o menos pronto,
en ella, periodistas, profesores de dibujo o literatura castellana, poetas de *week-end*, se apelo-
tonaban en las tribunas, ansiosos de hacerse notar.

»Es lógico que el Jefe los mire y no los vea a
todos estos plumíferos. Yo mismo, a quien sin
duda consideran ellos una perfecta nulidad, ne-
gado por completo a las gracias del bien decir
que ellos cultivan, soy sin embargo objeto de
sus deferencias más cumplidas cuando alguno me
encuentra al alcance de su lengua, sólo por mi
cargo de secretario del Todopoderoso, y porque
saben que el ministro me considera discípulo
suyo. Cuando uno era un pobre gato, tirado en
la cuneta de la carretera, un paria, un ignorante,
podía sentir respeto acaso por quienes escriben
bonito, y publican versos en los periódicos, y ha-
blan por la radio. A qué negar mi entusiasmo de
entonces por las grandes figuras de nuestro Par-
naso y, sobre todo, por Carmelo Zapata, quien,
negro y todo, quizás precisamente por serlo, es
*urbi et orbi* reconocido y proclamado nuestro
primer poeta joven, sin que desde hace cuarenta
años decrezca su fama, ni haya soñado nadie en
arrebatarle tan honroso título. Cada domingo, en
el prestigioso suplemento literario de *El Comercio*, nos regalaba, entonces como ahora y siempre, sus inigualables tiradas líricas, dignas con

frecuencia de la pluma del propio Rubén Darío;
y por mucho que los maldicientes se rieran de
que en la redacción el gallego Rodríguez le tenía
que corregir la ortografía y algún que otro verso
mal contado, ¿por qué no los escribía el gallego,
si tan capaz era? La ortografía y las reglas de
composición son, después de todo, conocimientos
mecánicos, que cualquiera puede aprender, y nada
más que los pedantes como Rodríguez hacen de
eso cuestión capital; nada más que los fariseos
de la cultura. Luego, con el tiempo, los he ido
conociendo, a unos y otros, al negro Zapata y a
quienes no lo son, a todos. ¿Para qué hablar?
Cada vez que me tropiezo a uno de estos personajes, me pongo a exagerar adrede la rudeza de
mis modales y de mi vocabulario. ¿No me tienen
ellos por un bárbaro iletrado? Pues que me dejen
gozar del espectáculo de sus zalamerías, cuando
vienen a bailarme el agua para que les haga cualquier pequeño favorcillo administrativo. No sos-
pechan los infelices que este ignorante, este doctor de secano, como sé que me llaman, si quisiera,
podría desplegar condiciones literarias superiores
a las suyas. Estoy seguro de que, tras haber pu-
blicado unas cuantas pamplinas en los periódicos, ellos mismos se despepitarían, pasado no
mucho tiempo, por venir a proponerme los honores del gremio, muy contentos de poder contar
en su seno al joven y distinguido secretario de
su excelencia. Y no veo por qué, si Zapata tiene
un sillón de peluche donde depositar sus volu-
minosas posaderas, iban a ser de peor condición
mis fondillos. Pero no, jamás se me ocurrirá cosa
tal. Por un lado, me da vergüenza la sola idea de
participar en esa feria de vanidades; y por otro,
me gusta balconear esta clase de espectáculos,
como lo he hecho hoy, no desde el salón, ni siquiera desde la tribuna de invitados, sino desde
la penumbra de algún rincón ignorado que me

permita ver sin ser visto. Así me he divertido a
mis anchas contemplando al jefe tan repantiga-
do, con sus botas altas y la camisa abierta, en
medio de la ilustre corporación reunida en honor
suyo. Y por cierto, hubiera dado algo por pe-
netrar en el pensamiento de Bocanegra, adormilado ahí como un cocodrilo al sol, mientras por
ejemplo, se despachaba catedráticamente el soció-
logo Toño Zaralegui a propósito de las peculiaridades de nuestro idioma nacional, expresión del
genio de la patria, tan enriquecido por la apor-
tación de las proclamas, discursos y decretos de
este hombre extraordinario, Antón Bocanegra,
nuestro nuevo académico de número, en cuyo
estilo inconfundible y vigoroso, fruto de un espíritu original, late la pujanza de una raza nueva,
abocado a los más altos destinos, etcétera, etcétera, etcétera. La cara del presidente no reflejaba
nada. Y en cuanto a la del doctor Rosales, que
era, como yo sabía bien, quien le redactaba los
discursos a su excelencia, tampoco acusó el efecto de los ditirambos que su colega dispensaba
con tanta largueza. Yo, maliciosamente, espiaba,
para rastrear en su expresión sombras de azoramiento, de vanagloria, de susto, de algo: pero mi
hombrecito estaba tan pendiente de la organización del acto, siempre sobre ascuas, temeroso de
alguna falla, que todo aquello le pasó por alto, y
ni siquiera pensó que los únicos méritos litera-
rios invocados en el haber del nuevo académico
eran obra de su docta pluma.»

## Diez

No sigo copiando; ya basta. Basta de tanta soberbia reprimida, de tanta sofrenada suficiencia, de tanta arrogancia oculta; pero, sobre todo, basta —porque no hay quien lo sufra ya— de esa mordacidad que, como un ácido, destruye cuanto toca. ¡Qué atroz —y qué imprevisto— resulta el Tadeo Requena de las memorias! Descubrir en él un almácigo de insensatas pretensiones no sería sino sorpresa relativa en estos tiempos de atropelladores sin escrúpulos, cuando —rotos los diques— nada parece imposible o excesivo para nadie. Y ¿quién no tenía al joven secretario por un distinguidísimo trepador, atento a las ocasiones, capaz de osarlo todo, aunque más zafio y peor dotado de lo que realmente era? Incluso podía cualquiera haberse arriesgado a pronosticarle lo que en definitiva fue su destino: crimen y, por último, batacazo, pues en el terreno de los forcejeos, intrigas y zancadillas alrededor del mando, el individuo no pasaba de ser un pobre ingenuo, sin sutileza alguna, sin ductilidad, ni otro talento que una audacia loca. ¡Un infeliz palurdo! Su verdadero talento, su fuerza, era de índole distinta, y muy temible, por cierto: demoníaca. Consistía en el poder corrosivo de una mi-

rada que volatiliza, disipa, vacía, corrompe, destruye, en fin, todos los objetos donde se posa,
dejándolos reducidos a su pura apariencia irriso-
ria; poder tremendo, del que quizá él mismo no
se daba cuenta, o no se daba cuenta cabal, como
si, con una especie de rayos X, viera la cala-
vera bajo la carne, y una absurda danza de es-
queletos en los movimientos de la gente; poder
que ejercía sin proponérselo, sin quererlo, y que
a saber si no se volvió contra sí propio y fue la
causa profunda de su fracaso último, pues ¿dónde y cómo se detiene la cadena de la desinte-
gración?

Esa es la gran sorpresa que las memorias encierran: la lucidez odiosa —odiosa, y fascinante;
yo confieso que a ratos me fascina— de una mirada tal. Sin que nadie pudiera ni tan siquiera
sospecharlo, esa cámara cruel, ese objetivo implacable, inocente y escondido, estuvo registrando
durante años lo que ocurría en las «altas esfe-
ras». Tadeo Requena nos asoma a los interiores
domésticos del tirano y de la que siempre titu-
laban los periódicos primera dama de la República, nos introduce en aquellas tertulias vesper-
tinas donde ella triunfaba, bromeaba y reía,
haciendo un poco, inconscientemente (o quizá
no tan inconscientemente) el papel de agente pro-
vocador, mientras Bocanegra callaba y observaba,
observaba y callaba, hasta hacer olvidar a las
gentes, demasiado entretenidas en sus discusiones y en sus tragos, que ahí se hallaba él al acecho, pues en realidad aquellas reuniones íntimas
eran de ella; y él sólo asomaba el hocico, de tarde
en tarde, como huésped condescendiente, sin participar demasiado en la conversación de quienes
le hacían la corte a su mujer... Otras veces, también, nos descubre Tadeo en sus memorias el
aburrimiento de veladas solitarias, donde, entre
bostezos y gruñidos, la pareja soberana termina

por quedarse frente a frente cuando él mismo,
Tadeo Requena, personaje tan de confianza que
llegaba a no existir, se escurre y desaparece di-
simuladamente sin dar las buenas noches.

«Adormilado y embrutecido —dice en un párrafo que hará meditar a quienes conozcan la ter-
minación de esta historia—, con el vaso de aguardiente siempre al alcance de la mano, mientras
ella, entornados los ojos, ausente, hila, urde y
maquina sin cansancio, ¿quién sostiene ahora el
edificio del orden público, quién defiende el santuario del poder? Ya hace rato que se retiraron
los servidores; no queda nadie en las oficinas; el
telegrafista de turno también dormita, sobre sus
brazos, o lee una novela interminable; abajo, hasta el capitán de la guardia se habrá echado un
poco, dejando a los demás aburrirse en su rutina.
Y por último, desaparezco yo. Afuera, la ciudad,
el país, yace sumido en el sueño. Todo está a oscuras alrededor, todo en silencio, y apenas se oye
en la antesala algún crujido, la marcha del reloj
royendo el tiempo. Vino la noche y, casi de repente, ha decaído por unas cuantas horas la implacable lucha. Nadie aguarda ahí afuera para
acercarse a esta mesa mía que es muro de con-
tención, represa aguantadora de empujes, impa-
ciencias, ambiciones grandes y chicas; de las
arremetidas brutas del impetuoso, las trapacerías
amañadas por el artero, las solicitaciones, los en-
gaños vanos, los halagos, las intrigas, los sobor-
nos, la lucha solapada, la maniobra preparada
con ojerosa premeditación y el golpe de audacia,
tanto más asombroso al verlo fallido... Ha empezado la tregua, y todos duermen. A estas horas,
me gusta a mí recorrer a veces los salones vacíos,
y mirar un rato hacia la Plaza de Armas, desier-
ta, desde un balcón...» Incluso respecto de las
recepciones oficiales, ampliamente descritas para
el público por los diarios de la mañana, pueden

ser de interés sus informes. Aun entonces recoge algún detalle inédito y lleno de particular significación, o destacan algún aspecto revelador en conexiones insospechadas.

Casi siempre, los datos que nos ofrece el secretario encierran algo de curioso, aunque no siempre resulten trascendentales, ni siquiera importantes en sí mismos. Hay veces en que su importancia se relaciona con hechos posteriores a la ocasión, o que son consecuencia de algo cuyo papel no hubiera podido barruntarse entonces, y que se ilumina retrospectivamente. Tal ocurre, por ejemplo, con lo que Tadeo cuenta sobre los hábitos de Bocanegra como bebedor: él mismo, al referirlos, estaba muy lejos de sospechar el alcance histórico, y también el alcance personal, la influencia que en su personal tragedia tendrían esos hábitos del presidente, que él anota quizá por el solo placer de la maledicencia. Que Bocanegra era un bebedor famoso ¿quién lo ignoraba? Muchos ignorábamos, en cambio —y Requena nos aclara el punto—, su predilección —más aún, afición exclusiva— al aguardiente de caña del país. «La muestra de mayor confianza que me ha dado, creo, es la de encargarme con la misión de llenarle el vaso —escribe el secretario Requena—. El —añade— sólo bebe aguardiente de caña; no quiere otra cosa. En las fiestas oficiales, en las grandes recepciones, y aun en las tertulias menos solemnes, se toma champagne, se sirven cocktails, y el palo fuerte es siempre el scotch whisky; pero, en punto a bebidas, nuestro presidente es de un patriotismo fanático, y no transige; no hay quien lo saque de su aguardiente, escanciado (eso sí, pues las formas hay que guardarlas) de garrafones de cristal fino, idénticos a los del whisky, para que al exterior no se note la diferencia. De este modo, ni le impone a nadie su criterio, ni tiene por qué exponerse él a la crítica de esa dorada

plebe de las bebidas caras, finos, exquisitos y
*snobs* que sin duda admiran su sacrificio en aras
de los gustos populares cada vez que los periódicos aportan testimonio fotográfico de los pali-
ques sostenidos por su excelencia a la puerta de
los bohíos, en la roza, o ante las ínfimas cantinas
de los arrabales, donde, con cierta frecuencia, gusta de detenerse a alternar con los mugrientos y
acepta, claro está, su indefectible copa. Sin embargo, no hay sacrificio en esto, yo puedo certi-
ficarlo. Pues ese mismo espíritu es el que entre-
tiene sus raras veladas familiares; ése es el que
hace introducir *de ocultis* en los más elegantes
saraos; y a mí, por cierto, me toca ser el guardián y sumiller de su secreto. Mi obligación consiste en pasarle un vaso tras otro, sin pausa; y
cuántas veces, al observar cómo, al cabo de poco
rato, empieza a fijársele la mirada, endurecién-
dosele las facciones y embotándosele las ideas en
una especie de obstinación taciturna, mientras
que a su alrededor crece el alboroto, se conta-
gian las risas, cunden las sandeces; cuántas veces no he atribuido yo esa diferencia, más que al
carácter siniestro que tantos imputan, sin conо-
cerle bien, a nuestro Jefe, se me ha ocurrido,
digo, atribuirla a los efectos del pesado quitape-
nas popular que, bajo un disfraz de cristales
tallados, mantiene a Bocanegra en contacto con
su querida plebe, fiel a la borrachera sórdida de
la gentuza, mientras que en cambio todos aquellos ex sargentos, ex periodistas, ex nadas, ahora
magistrados, directores generales, banqueros y ministros, alternando con diplomáticos extranjeros,
de extracción análoga muchas veces, se sienten
en la gloria, alegres, felices, en medio de sus en-
greídas esposas, a las que, con disimulada fruición acarician el brazo o la grupa... De no hallarse en semejante estado, temblarían sin duda
al advertir la mirada de tigre que nuestro aguar-

diente le pone al Jefe. Eufóricos, locuaces, gordos, bien fardados, risueños, no la advierten siquiera. La advierto yo, que no bebo; yo, que administro las garrafas...

»Ah, si la gente supiera observar, muchas sorpresas no serían tales, y más de uno podría parar a tiempo el golpe, o esquivarlo. Me asombra que el presidente haya depositado en mí una confianza tan ciega; pues no ignora que yo me mantengo sobrio a su lado mientras él bebe y bebe; y que me basta, en ciertos casos, seguir la dirección de sus miradas para adivinarle las intenciones, como no hace mucho ocurrió con Domenech, lanzado de un salto desde la poltrona de director del Banco Nacional de Créditos y Subsidios a los calabozos del castillo. Lo que fue un rayo y la sensación padre para todo el mundo, a mí no me tomó de sorpresa. ¿Por qué? Pues porque, tres días antes, en el baile de la recepción al embajador de México, cuando aguardaba yo a que el Jefe apurara el último sorbo de su vaso para servirle otro en seguida, entendí que la suerte de Domenech estaba sellada con sólo notar la manera larga, fría, tenaz, pegajosa en que le tenía puesta encima la vista, al tiempo que, distraídamente, balbucía no sé qué frase interminable para consumo y deleite de los lambiscones que siempre lo rodean. Domenech, muy ajeno a todo, secreteaba en un rincón de la sala con el agregado comercial de Estados Unidos; tan engolfado en su asunto el caballero, que ni siquiera sintió sobre sí la mirada pesadísima de Bocanegra. Bocanegra, en cambio, a pesar del mucho aguardiente que ya tenía en el cuerpo, se dio buena cuenta de que yo, por el hilo de su mirada, estaba llegando al ovillo de su pensamiento. Y no lo había olvidado al otro día: cuando entré por la mañana temprano a tomarle la firma para unos documentos, me dijo sin mirarme, ocupado como estaba

en revolver su café con la cucharilla: —Ese Domenech es un ladronzuelo, ¿sabes? —y agregó—:
Tú, que eres joven y que no tienes pelo de tonto,
has de ver muchas cosas. —Quizá por eso, porque no me consideraba tonto, porque quería que
aprendiera, y porque sabía que ya estaba al cabo
de todo, me comisionó a mí, junto con Pancho
Cortina, para detener e incomunicar a Domenech,
mientras que el ministro de Hacienda decretaba
la incautación de todas sus cuentas, dineros y
demás bienes, muebles, inmuebles y semovientes,
sin perdonar siquiera los efectos personales. Que
Domenech era un ladrón, ¡noticia fresca! Y además, ¿sería el único, ni siquiera el más notorio?
Por qué causa, razón o motivo decidió su excelencia enterarse de pronto, es cosa que todavía
ignoro.»

## Once

«De todas maneras, y por lo que a mí se refiere —continúa Tadeo—, parece claro que el presidente me tiene cada vez mayor confianza, y que se propone utilizarme en cuantas gestiones, por una u otra circunstancia, le merezcan particular cuidado. Las cuales, no siempre tienen que ser de riesgo, ni tampoco de aquellas que los pusilánimes suelen considerar desagradables. En medio de los actos de tragedia se intercala de vez en cuando, como en el teatro clásico, algún entremés bufo.

»A este género pertenece el episodio que pudiéramos llamar *del Niño raptado*, en cuyo desenlace me tocó a mí participar por especial encomienda del Jefe del Estado, cuando ya llevábamos toda una semana de chismes, comidilla y sensacionalismo. La noticia de que había desaparecido un Niño Jesús de la Exposición Nacional de Artes Populares y Folklore Nativo, organizada por el Instituto de Artes, Ciencias y Letras de la Nación (o, dicho en menos palabras, por Tuto Ramírez), corrió la ciudad como reguero de pólvora, y saltó de inmediato, cómo no, a los titulares de los periódicos. Por supuesto, el *kidnapping* se descubrió en seguida, ¿no había de descubrirse? La

Exposición constaba, creo, de sólo 28 piezas en
su género, hoy entregadas en custodia al Museo;
entre las cuales, nueve Niños Jesuses en la cuna,
tres *sets* de Reyes Magos, cuatro Cristos, otras
tantas Vírgenes, y lo demás, santos surtidos, todo
ello imágenes de factura popular, es decir, obra
de paisanos mañosos, quienes, durante la época
de las lluvias, matan el tiempo y distraen la for-
zosa ociosidad tallando con su navaja en palo
blando esas figuritas que, no vacilo en confesarlo,
a mí me parecen una porquería aunque ahora le
haya dado a la gente por admirarlas con los ojos
puestos en blanco... Pues, como digo, el robo del
Niño Dios se descubrió de inmediato. Y —lo que
es más— tampoco tardó en saberse el nombre
del raptor.

»Lo grave del caso es que el raptor no era, según hubiera podido conjeturarse, ni uno de tantos
escolares como se hizo desfilar por la exposición,
ni un vulgar ratero, ni siquiera un cleptómano
conocido, como don Serafín Lovera, sobre cuya
persona recayeron sospechas en un primer momento, sino —quién lo hubiera pensado— una de
nuestras primeras glorias nacionales: el poeta y
académico Carmelo Zapata. Cómo se averiguó, no
podría precisarlo; lo único que sé es que el rumor era cierto; pues cuando —convertido en *vox
populi*— llegó a ser tan denso como para que
nadie pudiera ignorarlo, el ilustre poeta acudió
espontáneamente a la hora de cerrarse el local de
la Exposición portando en la mano un paquetito
misterioso, preguntó por el señor Secretario, y
—encerrado con Tuto en su despacho— le hizo
entrega solemne de lo que resultó ser, no precisamente la imagen sustraída, sino un precioso
Niño Jesús, de escayola, sobre cunita de bien pintadas pajas, comprado por él —explicó— en la
santería para sustituir a ese mamarracho —así
dijo— que, en señal de protesta, y por motivos

de reverencia y de decencia pública, se había
creído obligado a retirar de la exposición, sustra-
yéndolo a la mirada incauta de nuestras púdicas
doncellas y matronas, así como de la inocente
población escolar que, a diario, etcétera, etcétera.
Ya es conocida la verborrea del Gran Vate, nunca
corto en palabras. Tal fue la explicación de su
acto: por motivos de reverencia y de decencia
pública. En cuanto a estos motivos, sólo más
adelante deberían esclarecerse. Por lo pronto, Tuto
Ramírez, en su carácter de secretario de la Exposición, se negó, y con razón sobrada, a hacerse
cargo del Niño Jesús sustituto, alegando que la
figurita, por muy linda, y agradable, y perfecta
que fuese, como producto al fin de la industria
moderna aplicada a servir el gusto religioso de
nuestra época, de ningún modo podía reemplazar
allí a una obrita, modesta si se quiere, pero de
neta inspiración popular, cuyo valor —declaró
con énfasis— residía precisamente en el tosco
candor de un artista desconocido, humilde exponente del genio de la raza. Entonces Carmelo, que
también tiene el suyo, montó en cólera y, con
los ojos revueltos de negra furia, le replicó a
Tuto, según parece, que sólo por respeto a lo representado no le estrellaba aquel Niño Jesús en
la cabeza, o se lo metía por los hocicos; pero que
supiera de todos modos que él no pensaba, en
ningún evento, restituir aquella desvergüenza im-
pía. —Está bien; como usted prefiera, don Carmelo —le respondió Tuto pálido de rabia—. Yo,
con llevar el caso a la superioridad, me doy por
cumplido. Y, muy digno, se puso a arreglar papeles sobre su mesa para desentenderse de la presencia del poeta; quien, muy digno también, se
retiró a su vez dando un portazo. A Tuto Ramírez, claro está, le faltó tiempo para venir con el
cuento a la superioridad. Y la superioridad, que
tiene bastante mala entraña, comisionó a su mi-

nistro de Instrucción Pública, don Luisito Rosales, para que entendiera en el asunto y rescatara la obra sustraída. Cada vez que el Jefe convocaba especialmente a su ministro, este pobre entraba a su presencia medio azorado. —¿De qué se trata? —me había preguntado al pasar por delante de mi mesa en la antesala; y yo, por toda respuesta, le gasté la broma habitual: me recorrí la garganta con el dedo pulgar de la mano derecha, dando a entender: estrangulación. En seguida, con el mismo dedo, le indiqué la puerta de su excelencia y, siguiendo las instrucciones de éste, me colé tras él en la sala. Cuando mi don Luisito oyó al presidente confiarle semejante encargo se tranquilizó primero, y luego se sobresaltó: —¿Yo? —protestó, asustado—. Usted, claro; pues, ¿quién si no, señor ministro? —le replicó Bocanegra con gran cachaza—. Usted, doctor, tiene que averiguarme bien los motivos que han inducido al Liróforo Celeste a perpetrar su hurto, y persuadirlo luego de que, por el bien de la Patria, nos devuelva el santito, y todo se quede en mera broma. —Está bien, está bien; pero usted sabe, Jefe, cómo se las gasta Carmelo; usted no ignora que en punto a educación el Gran Vate no hila muy delgado. Va a negarse, porque tiene mucha soberbia, y hasta si se tercia me va a faltar al respeto...— Don Luisito quería darle a su resistencia un tono semijocoso. —Ah, eso no; ah, eso nunca —exclamó con sorna el presidente—. Usted, doctor, si tal llegara a ocurrir, que no lo creo, le amenaza con llevar el asunto al juzgado, por la vía criminal, y ya verá como el Vate se me raja. Sí, doctorcito, se me raja, créalo, no lo dude. Además —concluyó—, para cualquier lance, hágase acompañar de Tadeo Requena, que es joven y fuerte. Ya lo oyes —añadió, dirigiéndose ahora a mí—, tú vas a acompañar al doctor.

»Lo que él quería era tener a alguien que le

contara la escena, para gozarla y reírse; pues, tras el primer acto cuyo desarrollo le había referido Tuto Ramírez al detalle, se la prometía muy sabrosa. Y ¿quién mejor testigo que yo, su secretario fiel?... Mi trato con Carmelo Zapata se había reducido hasta entonces a casi nada, si bien su nombre, su personalidad y su obra me eran conocidos desde mis tiempos de paradisíaca inocencia literaria, cuando en San Cosme el gallego Luna me prestaba los números atrasados de *El Comercio* dominical para mi solaz y recreo, como él decía. Luego, en la capital ya, durante la época de mis estudios, don Luisito Rosales consideró sin duda que contribuiría poderosamente a mi educación conocer al Gran Vate cuyos versos traía yo aprendidos del pueblo, y me envió un día a visitarlo, previos arreglos telefónicos e invocación del alto interés que mediaba en hacer pronto de mí un hombre de pro. No me avergüenzo de la emoción candorosa con que me acerqué entonces al santuario de las musas. Carmelo Zapata era alguien; tras haberme hecho esperar un tiempito razonable, me había recibido, sentado, pluma en ristre, ante su escritorio, entre el reluciente yeso de una bonita Victoria de Samotracia, a su derecha, y el famoso cenicero artístico que, adornado con un don Quijote a caballo, le habían obsequiado las damas del Ateneo Pedagógico en la ocasión memorable y reciente de sus bodas de oro con la Poesía, tan celebradas por el país entero. El bardo me acogió benévolamente, cuando una tos mía lo sacó de la meditación en que se hallaba sumido; fue amable conmigo, paternal; y en pocas pero bien pensadas frases me adoctrinó sobre la importancia que el poeta tiene para la sociedad, de la cual él es alto exponente, alma y verbo. —Desdichados los pueblos —clamó—, desdichadas las naciones que no saben reconocer, honrar y venerar a sus vates...— ¿Y eso es todo lo que te ha enseñado Carmelo? —comentó luego el doctor Rosales, cuando le hube referido la entrevista. No volvió a enviarme más a su casa, y optó —muy satisfecho en el fondo— por instruirme él mismo en las bellas letras, con sus pesadeces griegas y latinas. Ahora, años más tarde, Bocanegra lo obligaba a bregar con el Vate en el enojoso asunto del Niño Jesús perdido y hallado en poder suyo, al solo fin de divertirse con el enredo, y me enviaba a mí como testigo, relator y cronista privado.

»Pero el espectáculo no resultó, sin embargo, tan divertido como su excelencia se prometía. Por lo pronto, el pobre don Luisito dejó pasar todo aquel día sin tomar providencias; y sólo al siguiente inició la temida operación, interponiendo el hilo del teléfono entre su cara timorata y la bemba del vate: que se había enterado del incidente de la Exposición, y le quedaría muy agradecido si, cuando buenamente le fuera cómodo, venía a darse una vueltita por su despacho para buscarle al caso una solución amigable. El poeta, a quien el Niño Jesús se le había convertido entre las manos en una papa caliente, se personó de inmediato, portando, no uno, sino esta vez dos paquetitos, que depositó al entrar, juntos, sobre la mesa donde yo escribía, o fingía escribir, a su llegada. Por lo visto, traía ánimo de avenirse; su actitud era conciliadora, o así me pareció en el primer momento. Explicó que, durante su visita a la Exposición había sufrido un verdadero *shock* al darse cuenta de la indecencia con que estaba representado el Niño Dios en una de aquellas imágenes; y por consiguiente —no de modo subrepticio, eso era una vil calumnia, sino más bien con ostentación y alarde, como lo demuestra el hecho de que todo el mundo lo supiera— se apoderó de la sacrílega imagen, y... —Pero veamos el *quid*. ¿De qué se trata? Sépase de una vez la razón... —apremió el doctor Rosales. Entonces nuestro hombre, sin decir más nada, desenvolvió uno de los paquetitos que había dejado sobre mi mesa y, cuando lo hubo descubierto (era, desde luego, el Niño robado): —Vea, señor ministro —dijo—: éste es el *quid*. Y se quedó aguardando con triunfante y, en el fondo, un tanto inquieta expectativa. Don Luisito se encajó los lentes, contempló el objeto y, después de observarlo un rato, preguntó: —¿Qué tiene de particular? Muy bonito no lo es, desde luego; es un adefesio, pero... ¡como los otros!; ni más ni menos.

»En el silencio, en la atmósfera, percibí la indignación desconcertada del poeta Carmelo. Se volvió a mí (yo fingía siempre ocuparme de mis cosas), y apeló: —Venga, joven, hágame el favor, que el señor ministro es medio ciego; vea usted por sus propios ojos. Me acerqué a la imagen, hacia la que Zapata señalaba ahora. El dedo del poeta apuntaba, rígido, a la entrepierna del desnudo Infante. En verdad, debo confesarlo, *aquello* era un poco exagerado, bastante exagerado. La figurita había sido favorecida, no por la naturaleza, pero por la fantasía del artífice, con demasiado pródigos atributos de una virilidad que en edad tan tierna hubieran debido reducirse a mera e insinuada promesa, nunca desplegarse en realidad tan cumplida. —¡Ah, eso! —exclamó ahora el doctor, al tiempo que yo soltaba la risa. Seguramente la navaja del rústico escultor había tropezado ahí con algún nudo de la madera y, en la alternativa había preferido pecar por carta de más, antes que por carta de menos: eso era todo. Pero el vate estaba indignadísimo, más quizás que por mi risa, por la débil reacción del ministro. —Comprenderá usted —argumentó, cargado de razón— que esto es una irreverencia insufrible; y yo, como buen católico, no estaba dispuesto a consentirlo. Por eso fue que me llevé la cosa

a casa, y luego, para que nadie pueda echarlo a
mala parte, ni sospechar un interés mezquino, ni
pueda hablarse —¡qué estupidez!— de hurto, he
comprado para regalársela al Museo, esta otra
imagen. —Y aquí, mientras lo decía, deslió el encantador, beato Niñito Jesús adquirido en la santería, con su manita regordeta bendiciendo, y cubierta la barriguita por delicado cendal... —Pues
lo siento mucho, mi ilustre amigo; créame, que lo
lamento en el alma, pero el trueque que usted
propone no puede aceptarse, dado el estado a que
ha llegado este asunto. Y va a permitirme que le
haga el reproche de haber procedido en él con
demasiada ligereza e impremeditación—. Era evidente que el doctor Rosales, con la vista huida,
medía sus palabras; pero yo observaba en la cara
de Carmelo Zapata que, pese a tanta precaución,
eran veneno para nuestro laureado poeta, quien
se iba poniendo de color ceniza. —Su objeción
—siguió el doctor—, su objeción contra esa imagen es, desde luego, muy respetable, aunque, la
verdad, yo no acierto a descubrir malas intenciones, sino acaso impericia, en quien la ha tallado.
Pero, de todas maneras, usted pudo dirigirse discretamente al Secretario del Instituto, o a mí
mismo, y nosotros... —De modo —interrumpió el
vate en un estallido de soberbia—, de modo que
encima se permite usted llamarme indiscreto. Era
lo que faltaba —gritó, furioso, con las pupilas
encarnizadas. —Pues sepa usted, señor ministro,
que tendrá que responderme de esa injuria en el
campo del honor. Le enviaré mis padrinos.
»Ante tal salida, me volví a observar con curiosidad a mi don Luisito; y lo vi que desde su
anonadamiento, se erguía con un desconocido relámpago de ira en los ojos. Pero sólo fue un
chispazo; de inmediato, en tono ligero, familiar
y terriblemente sosegado, le replicó: —Mira, Car-

melo, escucha; me vas a hacer el favor de no ser tonto.

»Nunca lo hubiera esperado. Uno trata a las personas tiempo y tiempo, pero nadie sabe nunca lo que cada cual puede llevar oculto en el buche. Carmelo bajó la vista al suelo, donde relucían sus botines, y dejó pasar un rato más que mediano antes de resolverse a decir nada. Lo primero que dijo, y lo dijo con una voz entre pesarosa y reflexiva, fue: —Pues esto no puede quedar así. Si usted no se bate conmigo, tendré que desafiar a Tuto Ramírez.»

# Doce

Me doy cuenta de que, sin ton ni son, me he dejado arrastrar un poco por la corriente de esas dichosas memorias, y me he apartado del propósito de mis notas, que no es sino reunir y criticar los documentos disponibles para que un día, con más sosiego, se escriba la historia de nuestros actuales desastres. Si de algo sirven a tal fin los trozos que acabo de extractar es para poner de relieve el ambiente de obsecuencia, servilismo y grotesco envilecimiento a que nos había conducido el régimen de Antón Bocanegra, al mismo tiempo que se perfila el retrato moral del tirano y también, de rechazo, el de este secretario que había de ser su asesino.

Después de tales digresiones no quiero, sin embargo, pasar por alto un detalle que a mí personalmente me interesa recoger para dejar establecidas ciertas puntualizaciones necesarias. Se trata de una conversación, por no decir discusión, que hubo en la tertulia de la primera dama a propósito del tan comentado artículo de Camarasa sobre «Cómo se hace una nación». Este artículo fue en su día objeto de un pequeño escándalo, un mero escandalete, sin consecuencias; digo, sin consecuencias inmediatas, porque remotas había de tenerlas, y muy graves, irreparables, para su autor. ¿Quién no recuerda el malhadado escrito? Era una pieza insolente, burlesca, encaminada a basurear los sentimientos patrióticos y a promover el escepticismo sobre valores de los que no es sano poner en tela de juicio. En fin, ahí está el artículo, en la colección de *El Comercio*, para quien tenga la curiosidad de buscarlo y el dudoso gusto de volverlo a repasar. Yo, por mí, recuerdo muy bien sus términos. Bajo la forma de un sueño, pretendía Camarasa ver sus anhelos de patriota almeriense (pues nuestro hombre era natural de esa desamparada, seca y resentidísima provincia andaluza, cuyos hijos, obligados por la miseria a emigrar, suelen buscarse el pan en el norte africano), fingiendo que, a raíz de un supuesto incidente con Marruecos suscitado por la cuestión de la soberanía sobre Ceuta y Melilla, se había producido un desembarco musulmán en las costas de Almería, seguido por la declaración de independencia de este antiguo reino de taifas, que ahora volvía a afirmarse como un Estado libre frente a España. Tan ridícula trama le procuraba a Camarasa la ocasión de mofarse, al mismo tiempo, de todo el mundo, y muy en particular de los esfuerzos que puede realizar una nación pequeña y joven, como la nuestra, para —rebañando afanosamente en el pasado— constituirse un acervo de tradiciones gloriosas, o cuando menos presentables, de cuyo patrimonio puedan derivar orgullo los ciudadanos, sacar temas de seguro efecto los oradores políticos y seleccionar motivos de ejemplaridad los maestros de escuela.

Como luego lo calificó el redactor jefe de *El Comercio* (quien, inadvertido, sorprendido en su buena fe, había enviado el artículo a la imprenta sin leerlo, en la idea de que trataría algún tema rutinario o anodino) era, al contrario, una bomba de tiempo.

¡Vaya que sí! Más de lo que hubiera podido imaginarse. Por lo pronto, no tuvo eco alguno, ni al día siguiente de su publicación, ni al otro. El primero en reaccionar fue el ministro plenipotenciario de España, quien, como en seguida se supo, hizo una discreta advertencia en el Ministerio de Estado llamando la atención acerca del mal efecto que podían tener bromas de ese género, sólo conducentes a perturbar incautos y a crear una atmósfera de inseguridad alrededor de la política internacional española, en beneficio exclusivo del comunismo. Por otra parte, lamentaba él —el diplomático, digo— que un compatriota suyo se permitiera burlas, por muy embozadas que fueran, a costa del país que tan generosa acogida le brindaba, ya que una semejante actitud desmiente, empaña y desacredita el concepto de la proverbial hidalguía española... Tres días después salió por fin en *El Diario Ilustrado* un suelto, sin firma, bajo el título de «Almería no es América, ni nosotros somos bobos», donde se repelían virilmente los insultos con que determinado individuo, abusando de la generosa pero, reconozcámoslo, un poco insensata hospitalidad de nuestro país, se permitía hacer escarnio aun de los más puros sentimientos patrióticos. A éste siguieron luego otros indignados ataques contra el desdichado folicular io, entre los que se destacaba por su virulencia vitriólica la nota inserta en el *Boletín del Ejército y la Policía Nacional* bajo el epígrafe de «Se creerá que tiene gracia».

Y aquí, en este punto, es donde me interesa a mí aclarar las cosas. Pues, si bien de pasada, afirma Tadeo que todo el mundo coincidía en atribuirme a mí —a ese renacuajo de Pinedito, dice el cachafaz— la paternidad de dicha nota; y como, según parece, tal versión circulaba también en las conversaciones del Palacio que él relata, de poco valdría que yo quisiera suprimir ahora el pasaje

correspondiente en las memorias; pues aunque
Tadeo, y varias de las personas entonces presentes, han desaparecido ya, esas cosas quedan: la
gente habla, comenta, conjetura y afirma, hasta
que el rumor pasa a ser artículo de fe. Y poco
me importaría todo ello si no fuera porque ahora, otra vez, llueve sobre mojado, y sé, y me
consta, que en estos días mismos, de nuevo, no
falta quien haya echado a rodar la especie de que
he sido yo también quien denunció a Camarasa,
dando lugar a que lo asesinaran. Prefiero, por lo
tanto, agarrar al toro por los cuernos, y dejar
esclarecidas las cosas de una vez por todas; y
que cada cual cargue con la responsabilidad que
le corresponda. Por lo pronto, no he de negar
que fui yo quien redactó la nota del *Boletín del
Ejército*. Hacía falta que alguien le saliera al paso
a aquel atrevido, poniendo los puntos sobre las
íes sin dejar lugar a dudas, como se reconocía
por unanimidad en la tertulia presidida por doña
Concha; y ese alguien fui yo, como pudo haber
sido cualquier otro. En realidad, la nota no la
escribí por propia iniciativa, sino animado por
mi tío, el difunto general Malagarriga, ministro
entonces de la Guerra, en su deseo de proporcio-
narme a la vez la ocasión de ganar un pellizco
de los fondos administrados por el viejo Olóriz.
Y tampoco mi tío, seguro estoy, debió de proceder en esto sin la anuencia al menos de su señor
jefe, el digno presidente de la nación, quien luego, a juzgar por lo que el tal Requena cuenta,
encontró muy lindo echárselas de magnánimo con-
denando el tono «venenoso» del suelto, al mero
efecto de llevarle la contraria a su amantísima
esposa. Hasta se permitió opinar su excelencia
que sólo un tipo como yo, amargado por su desgracia, podía destilar tanta hiel en unas cuantas
líneas. Ella, en cambio, estaba tan furiosa con la
desfachatez del periodistucho español que cual-

quier castigo le hubiera parecido poco. Comparaba mi suelto con el artículo de Camarasa, y encontraba que era la única respuesta adecuada. Me satisface comprobar, además, que la presidenta no era la sola defensora de mi diatriba. Aquel desdichado se las había compuesto para molestar a todo el mundo, a unos por una causa y a otros por otra, prestándose con su ambigüedad a las más diversas interpretaciones, muchas veces, lo reconozco, absurdas. En particular, las alusiones y correspondencias que pretendían descubrirse estaban casi siempre traídas por los pelos. Ni siquiera faltó quien aventurase que aquel libelo se había fraguado en la propia Legación de España, como una burla a nuestro país, y que la protesta del ministro plenipotenciario era una especie de coartada, y venía en realidad a remachar el clavo. Este disparate que, como todos los disparates, ganó luego la calle y circuló mucho, procedía —o, al menos, así se dio a entender— de la minerva de Carmelo Zapata, muy enojado —no comprendo por qué— con las facecias de Camarasa sobre el poeta almeriense Francisco Villaespesa, al que calificaba en su artículo de numen glorioso del Nuevo Mundo, nacido por licencia poética en el territorio, todavía entonces irredento, de Almería. —Estupideces de Carmelo —sentenció, perentorio, Bocanegra, echándose un trago al gaznate—. Y... si vieran —agregó— que a mí el artículo de Camarasa me ha divertido, en medio de todo...

Esta era la última palabra: una absolución. Y Camarasa, después de tanto, se quedó tan fresco.

Digo, se quedó tan fresco, por entonces. Lo que pasaría después nadie podía adivinarlo. La bomba de tiempo, olvidada ya, terminó por matar al que la había preparado. Pero ¿qué culpa voy a tener yo, ni por qué regla de tres me han de meter a mí en esto? Si vamos a hilar delgado, todos tenemos la culpa de todo cuanto pasa en el mundo, y a todos, por fas o por nefas, nos incumbe alguna responsabilidad. Sería chistoso que ahora resultara yo...

# Trece

Muy mala, pésima era la situación de nuestro país bajo el gobierno de Bocanegra. Sin sus demagogias, no hubiéramos rodado hasta donde hoy nos vemos. Pero si, desde el hondón, volvemos la mirada hacia aquel tirano, su imagen se nos confunde ahora, casi, con la del bien perdido: tan relativas son las cosas de este mundo. En medio de tanta ignominia, no faltaba entonces a quién acudir ni quien le echara a uno, si hacía falta, una mano... Lejos de mi ánimo defender, o disculpar siquiera, a doña Concha, la presidenta; nadie puede negar que una gran parte de la odiosidad acumulada sobre la figura de Bocanegra a lo largo de los años era ella, su mujer, quien la había concitado; pero hoy, ya, la infeliz ha tenido un final espantoso; sus pecados, que no fueron nada veniales, y cuyo alcance todavía suele desconocerse por ahí, han encontrado el más cruel castigo, ¡pobre primera dama, precipitada desde las eminencias de un poder caprichoso y sin límites hasta esa inmunda prisión de la Inmaculada, donde la aguardaban toda clase de vejaciones y miserias antes de hallar la muerte a manos de un idiota! *Requiescat!* Era liviana, era ambiciosa, era arbitraria, era insensata: a los mis-

mos que se le acercaban en busca de amparo o
de connivencia, les irritaba su modo prepotente
de actuar, ese insaciable afán de prevalecer, de
imponerse, de mandar, de disponer y de lucirse;
pero en medio de todo ello había algo de generoso en su violencia, su apasionamiento ciego no
carecía de una cierta grandeza; y yo recuerdo que
en el asunto de mi suelto del *Boletín* contra Camarasa ella me defendió sin reticencia alguna,
cuando al mala sangre de su marido se le había
antojado ponerse de parte del insufrible periodista hispano. ¿Quién me defendería ahora si, pongo
por caso, un día me acusaran de haberlo hecho
asesinar? Aun después que mi tío, el pobre Antenor, pasó a mejor vida, la amistad de la absurda
Loreto, su viuda, con la primera dama, seguía
constituyendo, hasta cierto punto, una garantía
y una tranquilidad para mí. Hasta cierto punto,
digo, porque no es lo mismo ser sobrino del general Antenor Malagarriga, ministro de la Guerra,
que depender de una fémina llena de resentimiento contra todos sus parientes políticos, y chiflada
por añadidura. La muerte repentina de Antenor
me dejó consternado, como bien puede imaginarse, y sin saber qué repercusiones desagradables
podría tener sobre mí. Por prudencia, me abstuve
al pronto de buscar demasiado el contacto de la
viuda; nunca le había tenido excesivas simpatías
a Loreto, y se hubiera notado mucho. En cambio,
frecuenté cada vez más a ese carcamal de Olóriz,
pariente y protegido suyo, con quien no me faltaban buenos pretextos para estrechar mi trato;
pues con alguna periodicidad había debido hacerme abonos, por este o aquel concepto, de los
fondos a su cargo; y así, nada impedía que —tampoco muy calculado, casi por mero instinto— me
dejara caer yo por su casa —él hacía en casa los
trabajos de oficina—, y hasta me quedara luego
jugando a las cartas con él hasta altas horas de

la noche. Quizá a causa de ello, y para que no me cansara de seguir distrayéndole las veladas, el viejo Olóriz me mantuvo media abierta la bolsa del pan: quien maneja una asignación bajo la rúbrica de *Servicios especiales y reservados,* sabido es cuánto puede hacer discrecionalmente. Por lo que a mí concierne, ¿qué remedio me quedaba tampoco?; tenía que seguir viviendo, ¿no? Además, que, con buena voluntad, Olóriz y yo éramos al fin algo parientes: sobrino yo del difunto general Malagarriga; y él, tío de Loreto, su viuda...

Olóriz fue quien me contó un día la especie de chifladura que a ella le había entrado; una curiosa obsesión de la cual supe también, más adelante, en forma directa, y adornada con prolijidades infinitas, de labios de la propia interesada. Pretendía la buena señora haber sido favorecida nada menos que con una revelación. Según fantaseaba, al día siguiente de las fiestas patrias, de aquel famoso 28 de febrero, en ocasión de cumplir el matrimonio sus bodas de plata, habían querido ofrecer una fiestecita íntima a sus amistades, fiesta para cuya preparación, ella, Loreto, dicho sea entre paréntesis, tuvo que trabajar como una burra, y durante la cual Antenor libó, cómo no, de lo lindo para no faltar a la costumbre. Pues bien, cuando por fin se hubo marchado hasta el último de los invitados, y ella, que estaba rendida, pudo irse a la cama, le aconteció tener un sueño rarísimo. Soñó que su esposo... Pero no era Antenor, no; no era ese Antenor, con su voz distraída y un tanto antipática, sino una Presencia maravillosa (maravillosa, se lo garantizo —ponderaba al relatarlo—: algo así como un Sagrado Corazón resplandeciente, o el arcángel Gabriel, o ese Buda, adolescente casi, del que yo había leído algo en una novela hacía poco), en fin, una Presencia que era Antenor sin serlo, le dirigía una alocución cuyas palabras aún recordaba una por

una. Le había dicho: «Loreto: durante veinticin-
co años he permanecido a tu lado en calidad de
esposo, sin que tú me hayas reconocido ni te hayas
percatado de quién soy. Tal es la razón —bueno
será que lo sepas— de que no te haya dado el
hijo que deseabas tanto. Con puntualidad militar, todos los sábados, al regreso de mi tertulia,
he cumplido, sí, durante ese no pequeño lapso, y
bien te consta, mis deberes conyugales hacia ti,
a pesar de que solías acoger con entusiasmo es-
caso, y más de una vez con bostezos y gruñidos
de protesta, mis viriles homenajes. Pero, fruto de
ellos: ¡ninguno! Y ahora, ya, eso es definitivo: la
prueba está concluida. Al separarme de ti para
siempre, no me ausentaré de tu lado sin decirte
quién soy.» Después de tan estrambótico discurso, la Presencia Maravillosa se había inclinado a
su oído y, netamente, con precisión diáfana, había
pronunciado un nombre, para desaparecer en seguida. Mas, ¡ay!, ese nombre, que en aquel instante había sido como un resplandor, como un
relámpago muy claro y muy dulce, se le había bo-
rrado en seguida de la memoria, a causa de la
sorpresa probablemente, por la turbación, y por
todo lo que en seguida vino; de modo que, siendo
la palabra-clave era también la única perdida del
discurso entero. Nunca, nunca jamás había conseguido recuperarla. En aquel momento se despertó
agitadísima; el corazón se le quería escapar por
la boca; tenía lágrimas en los ojos, apretada la
garganta. Se despertó y se volvió en la cama para
abrazar con frenesí a su esposo, a la Presencia
Maravillosa y fugitiva, que tan deliciosa aunque
desconsoladora revelación acababa de hacerle: lo
más horrible es que Antenor estaba ahí, a su lado,
sí; pero inerte y frío. Era cadáver, como luego
puntualizó el periódico en sentida nota necroló-
gica. Había fallecido, según los facultativos certi-
ficaron debidamente, víctima de un ataque cardía-

co. Por lo pronto, al encender la lámpara del velador, sólo pudo constatar la aterrada señora que aquello, allí, a su lado, era (¿qué Presencia ni presencia?) una burda falsificación, un remedo, una mentira infame, con la verruga de Antenor y sus bigotes lacios, y una especie de mueca burlesca. Después de semejante susto, ¡como para acordarse de aquel nombre delicioso, susurrado al oído!

—Imagínese los esfuerzos de concentración que no habré intentado desde entonces para recordar el misterioso nombre. A veces, lo siento ya acudirme a las mientes, lo tengo, como suele decirse, en la punta de la lengua; lo siento, lo oigo como en sordina, sin acabar de distinguirlo. ¡Nada! No termina de acudir. Lloraría, créame, de la desesperación. Le juro que no he de morirme feliz si una vez al menos no vuelvo a escuchar aquella voz y ver a aquel espíritu que vivió conmigo tantos años sin que yo lo sospechara, ni él, pérfido, se me diera a conocer hasta el último instante. ¿Por qué me hizo eso? Yo no pierdo las esperanzas...

Esto me lo contó la propia Loreto bastante tiempo después, en la época de las grandes tenidas espiritistas; cuando ella, instalada en el Palacio Nacional, favorecía el lío de su amiga, la primera dama, con el secretario Requena, y prestaba su alcoba a las clandestinidades de aquellos tórtolos, guardándoles la puerta... Siempre me ha llamado la atención esa especie de incondicional lealtad amistosa entre mujeres, por la cual parecían coligadas contra el mundo. Es infame sin duda, pero, al mismo tiempo, tiene también mucho de conmovedora. Ninguna consideración de interés, de principios, ningún otro deber o afecto u obligación es capaz de quebrantar alianzas tales, que sólo saltan —y entonces, ¡con cuánta violencia!— cuando el diablo las enreda en algún nudo pasional. A doña Concha, la presidenta, y a Loreto, nunca les gastó semejante jugarreta, nunca se vieron enfrentadas en esa clase de conflictos; y así su amistad pudo durar hasta la muerte —digo, hasta la muerte de la presidenta, y aún después, como se verá en el momento oportuno—. Pero no conviene adelantar los acontecimientos.

# Catorce

Decía que, tras el entierro y solemnes exequias de mi tío Antenor, doña Concha se llevó a la viuda, su inseparable Loreto, a vivir consigo en el Palacio. Estaban unidas ambas damas por una amistad *prehistórica*, según solía decirse aludiendo maliciosamente a la época en que ninguna de las dos mujeres había conocido todavía a su futuro esposo y, por lo tanto, ni soñaban en que, corriendo el tiempo, se verían empingorotadas, la una al generalato y la otra a la Presidencia. Cambió, casi a la vez, y de qué manera, la suerte de ambas; pero en el nuevo plano donde ahora se movían su amistad persistió, inalterable, consolidada y tanto más rica en fecundas posibilidades. Así, cuando Bocanegra escaló la dignidad de Jefe del Estado, la flamante primera dama de la República y su amiga Loreto, esposa legítima ahora del general Malagarriga, fraguaron de consuno la incorporación de mi infeliz tío al gabinete. Loreto convenció a ese pobre Antenor, y doña Concha, por su lado, se encargó de trabajar a Bocanegra; y así fue cómo uno de los antiguos generales entró a apoyar, garantizar y prestigiar con su colaboración al Padre de los Pelados, y a su régimen abominable. Seguro estoy de que, en-

tre las satisfacciones cosechadas por esa mujer
que, quiérase o no, era ya mi tía, figuraba en primer término la de fastidiarnos a nosotros, los parientes políticos, a quienes detestaba en bloque
sin lugar a dudas. Y bien sabía ella que nada
podía fastidiarnos tanto como esa nueva claudi-
cación de Antenor, ésa, todavía, por si lo otro
fuera poco...

Después, como es muy natural, aprovechó la
influencia adquirida para colocar bien a su gente,
empezando por ese repulsivo Olóriz, de quien no
se sospechaba que tuviera tal sobrina antes de
anunciarse las bodas de Loreto con el general Malagarriga, aunque ya antes había obtenido, sin
que nadie supiera cómo, el cargo de liquidador
civil de pluses, dietas y viáticos al personal subal-
terno del ejército. Más remunerador y no menos
discreto, era este otro, que ahora lo consiguieron,
de administrador de servicios especiales y reservados, con cuyos fondos, exentos por su misma
índole de fiscalización contable y librados en efectivo, se entretenía el venerable anciano en ejer-
cer, de paso, la usura, insumiendo por entonces
en esas combinaciones y en las de los naipes toda
su energía mental.

Una cosa debe reconocerse: a Loreto ni se le
subió a la cabeza, como a la primera dama, su
nueva posición, ni la mareó el aire de las alturas.
En último análisis, no resulta ser mala persona;
y la manera como ha actuado y actúa en estos
tiempos de desgracia, después de tanta fortuna,
me reconcilia con ella. Si pudo, con sus intrigas,
engatusar a mi tío Antenor, para lo cual tampoco se necesitaban los talentos de una Aspasia, pues
el pobre nunca descolló por su agudeza, ni por
su brillantez, ni por su brío, ni por su sensibili-
dad exquisita, ni por cualidad alguna que lo sacara de lo vulgar; en cuanto a bueno, eso sí, lo era
como el pan; un excelente sujeto, al que había

que perdonarle sus muchas debilidades; pero el hecho mismo de haber elegido como consorte a una mujer del tipo físico y espiritual de Loreto lo califica ya, creo, y lo pinta de cuerpo entero; de modo que, según iba diciendo, es verdad que ella lo engatusó y lo llevó a contraer justas nupcias, pero no es menos cierto que, una vez logrado este objetivo, y por fin tranquila, se aplicó a servir al prójimo con todos los recursos de sus cortas luces. Sabido es, sin embargo, que la buena voluntad mal orientada suele convertirse en instrumento de fines vituperables; y Loreto, con su melancólica manía de la Presencia Maravillosa, pero también con sus astucias de mujer corrida, fue durante todo ese período, lamentablemente, la mano derecha de su amiga. Doña Concha triunfaba por entonces sin freno; eran los años del apogeo. Bocanegra estaba en la cima de su poder, y su esposa aportaba las notas extravagantes y ponía el toque ridículo en el escándalo de su tiranía. Quizá porque el crimen, aunque sea en forma siniestra, se hace respetar, las atrocidades imputadas al muy bárbaro no ocasionaban tanta indignación como las fantochadas y caprichos, la frivolidad arrogante que aquella mujer exhibía. Aceptar esto y sufrirlo era, sin duda, más humillante que sucumbir al miedo físico, y despertaba mayores animosidades; pero, al mismo tiempo, el carácter pintoresco, grotesco incluso, de cada nuevo episodio prestaba espléndido cebo al ocio devorador de las tertulias, ofreciendo a los murmuradores el sabroso desquite de la burla. Así se descargaban las iras; y entre tanto, la imagen común de la primera dama, aunque constituida por rasgos libidinosos, era sobre todo la de un personaje vano, arbitrario y desatentado, cuyas insensateces —para mayor consternación de quienes no podíamos tragar al régimen— no sólo hallaban la asistencia disculpable, y previsible, e insignificante

después de todo, de su íntima compinche Loreto,
sino complicidades pasivas, y aun activas, que
¡mentira parece! En fin, ella se permitía satisfacciones no consentidas a una princesa real; y para
no dilatarme en generalidades, recordaré tan sólo
el episodio de *Fanny*, la famosa perrita japonesa,
del cual deben quedar rastros en los archivos
del State Department norteamericano, y aun en
los del War Office; pues sin la intervención bené-
vola del embajador de Estados Unidos no hubiera podido consolarse jamás nuestra presidenta
de la muerte de su adorado *pet*, animalejo horrible, con orejas enormes de murciélago; pero de
pura raza, raro, caro, delicadísimo, frágil, increíble, dulce animalucho que era su ornato, amor
y delicia, y cuya tierna almita, abandonando este
valle de lágrimas, voló al cielo un día aciago.
Poco faltó para que no lo declararan de duelo
nacional. El fallecimiento del «encantador e inte-
ligentísimo can» fue noticia de prensa y radio;
se aludió a la consternación en que el triste acontecimiento había sumido a la noble matrona; y
la televisión ofreció al público una antigua foto-
grafía donde se veía a doña Concha, sonriente y
feliz, con *Fanny* en sus brazos. Ni siquiera le faltó
al chucho la correspondiente elegía, o epitafio
lírico, obra del infatigable poeta Carmelo Zapata,
que publicó *El Comercio*, encuadrada por discreta orla negra, en el suplemento literario del domingo... Y es claro que, ante tal manifestación de
público pesar, los miembros del cuerpo diplomático tampoco podían mostrarse insensibles. Cada
cual aprovechó la primera oportunidad para expresar sus condolencias a la señora. El detalle
verdaderamente delicado estuvo esta vez a cargo
no del representante de Su Majestad británica, no
del enviado de la Madre Patria, ni del sensible
italiano, ni del culto francés, por no hablar de
Repúblicas hermanas; sino que estuvo a cargo

—¿quién lo hubiera pensado?— del coloso del Norte; sí, de Mr. Grogg, quien impresionado por sus pamemas, prometió a la presidenta conseguirle sin tardanza otra perrita idéntica a la finada. Por lo visto, no es fácil hallar un bicho de tal raza; y sólo en los Estados Unidos, donde nada falta, podía obtenerse uno así: lo trajeron por cierto en un avión del ejército americano, con lo cual *Fanny* reapareció, gloriosamente sustituida, a los pocos días del sepelio...

Todo eso es tonto, de acuerdo; y en resumidas cuentas, no tiene importancia alguna en comparación con las licencias a que en privado se entregaba la primera dama y, sobre todo, con la conspiración en que por último envolvió a Tadeo Requena, empujándolo a perpetrar un acto cuyas consecuencias habían de ser fatales para ellos mismos y para el país entero. El caso de la perrita japonesa no pasa de ser una muestra bastante inofensiva en sí misma de sus ansias de figurar y de prevalecer; y si tan comentado fue, es porque ahí la frivolidad aparece en estado químicamente puro, además de hallarse implicados los gringos, cuya sola existencia suele ser ya motivo de indignación entre nosotros. Por supuesto, hacia el coloso del Norte derivaron las críticas más implacables, y con toda razón. No se imaginan ciertas gentes cuán ofensivas pueden resultar a veces sus mal calculadas amabilidades...

Véase, como complemento del caso, la versión que suministra en uno de sus habituales informes el ministro de España. Con su estilo prosopopéyico, da cuenta a la superioridad de la muerte de una galguita japonesa, propiedad de la esposa del Jefe del Estado, acontecimiento nimio, dice, que sin embargo no ha dejado de tener repercusiones dignas de tomarse en cuenta. «Es tal la atmósfera de adulación aquí reinante —añade— que un hecho tan doméstico ha transcendido a la publicidad hasta adquirir proporciones increíbles; y, en ese ambiente de general histeria (de la que dará idea a V. E. el solo dato de que un locutor de radio emitió la noticia con voz tan velada que parecía ir a quebrársele en llanto), el decano del cuerpo diplomático se creyó en la obligación de convocarnos para estudiar la situación y resolver si procedía darse por enterados. Se decidió lo único razonable: que, sin carácter oficial alguno, y cada cual a su discreción, dejara caer una palabra amable en el oído de la dama.

»El colmo ha sido, dentro del cuadro de este acuerdo, la actuación del Embajador norteamericano. Ya conoce V. E. por informes míos el carácter ingenuo de Mr. Grogg, y la manera como trata de seguir las pautas de captación que su gobierno mantiene respecto de los países hispanoamericanos. Pues bien, el hombre ha creído esta vez poner una pica en Flandes regalando a la señora una perrita de la misma raza, traída, por si fuera poco, en un transporte militar aéreo, sin duda para 'estrechar los lazos de amistad que unen a ambas repúblicas del Continente americano', como escribía aquí un periodista al anunciarlo. La señora, claro está, se siente halagadísima. Pero dudo de que el Presidente mismo, hombre bastante sagaz, aunque impenetrable, se deje impresionar por recursos diplomáticos tan burdos, que jamás serán bastante a contrapesar, en el fondo, el amor nunca desmentido de los pueblos hispanoamericanos hacia la Madre Patria.»

No andaba descaminado, por cierto, el ministro de España en esta apreciación; pues el propio secretario particular de Bocanegra la confirma —testimonio irrecusable— cuando en sus memorias se hace eco, según era previsible, de tan sonado asunto. Cuenta ahí Tadeo que, a raíz de él, le preguntó su amo, con voz medio distraída, mientras firmaba unos papeles: «¿Qué te ha pa-

recido el gesto de Mr. Grogg?» Y como él, según
su taimada costumbre, se abstuviera de contestar,
todavía agregó, sin mirarlo, su excelencia: «¿Tú
qué crees? ¿Cuánto podrá costar una bestezuela
como ésa?» Y conjeturó luego: «Lo habrá pagado
toda la U. S. Treasury, por cierto.» Parece que
aún añadió dos o tres cosas más, medio gruñendo,
a la vez que emporcaba los papeles con la ceniza
de su sempiterno cigarro; hasta que el joven secretario, por decir algo, comentó: «Y lo han traído en una superfortaleza del Army.» A lo cual
Bocanegra volvió a insistir sobre el punto: «Un
perro no puede costar mucho, ¿verdad?»

En cambio doña Concha estaba encantada; también lo declara Tadeo. A Grogg le discernía ahora
el título de «mi amigo»; y cada vez que el pobre
tipo iba a Palacio, tenía que recibir los agasajos
de la nueva *Fanny*. «A mí —escribe el secretario— me da no sé qué el verlo al muy pavote,
colorado y risueño, hurtándole la cara a aquel
bicho estúpido que se obstina en besuquearlo con
su húmedo hociquito de rata.»

## Quince

Me pregunto si hago bien en extenderme tanto y recoger tan al detalle pamplinas como éstas, aquí encerrado en mi cuarto, cuando los principales actores del cuento han muerto ya de muerte violenta, mientras la gente afuera sigue matándose con frenesí, y pende en verdad de un hilo la vida de cada uno de nosotros. Me pregunto si son dignas siquiera de la historia pequeñeces semejantes... Pero, bien pensado, creo que sí. Sobre el fondo de la situación desencadenada por ellas, anécdotas como la referida adquieren un sentido trágico; la frivolidad puede alcanzar dimensiones trágicas; puede tener el efecto de un bofetón o de un escupitajo.

Se comprenderá que no voy a recoger los infinitos ejemplos donde la vanidad de esa mujer venía disfrazada de actividades culturales, de política social, de beneficencia, de esto o de aquello, para así engañar a algunos. He tomado ese caso único, por cuanto en él se la ve muy al desnudo. Y con desnudez tan obscena, por cierto, que los dicterios del respetable público (recuerdo bien las apreciaciones vertidas en mi tertulia de La Aurora) extendían con unanimidad a su dueña la condición perruna de la pequeña *Fanny.* ¡Grandísi-

ma!, era el invariable estribillo de cada nueva
observación. Y ¡claro que era una grandísima!
Con verla bastaba: sus actitudes, su manera de
mirar, su voz un poco ronca, sus risotadas sono-
ras, sus vestidos, su mera presencia, rezumaban
liviandad, suscitando en los hombres reacciones
de agresiva concupiscencia. Pero esto, por sí solo,
no hubiera sido nada. Lo verdaderamente explo-
sivo en su persona era la mezcla de tal liviandad
con la ambición. Sin este último poderosísimo
ingrediente, sus trapicheos, o devaneos, no hubieran sobrepasado la categoría de *peccata minuta;*
lo que los agravaba era el combinarse con aquella
urgencia suya casi compulsiva, de intrigar, urdir
y tramar sin pausa, mediante la cual se transfor-
maban en fuerzas, y fuerzas demoníacas, lo que
de otro modo hubieran podido llamarse sus debilidades. Echar sus redes, y envolver en ellas a
todo el mundo: ése era su deporte. Ni siquiera
creo que premeditara sus planes con vistas a ob-
jetivos claros; a lo mejor, sus designios se dibu-
jaban, o se esbozaban, en el tejer y destejer, como
simples ocurrencias, como antojos que decaían
luego, olvidados; o bien adquirían fijeza obsesi-
va; en cuyo caso podía obcecarse tanto en el em-
peño que ella misma quedara enredada con sus
propios hilos.

Sospecho que algo de esto hubo en su lío con
el secretario Requena, en el que tanto le sirvió
de cómplice y encubridora su *prehistórica* amiga
Loreto. La muy imbécil, de todas maneras la hubiera secundado ciegamente, aun sin necesidad
de que la otra lagartona explotara su delirante
manía de la Presencia Maravillosa, canalizándola
hacia las sesiones de espiritismo donde también
captaría la voluntad del joven Tadeo. En cuanto
a éste, es curioso el modo como llegó a dejarse
arrastrar hasta una alianza criminosa —y, al mismo tiempo, descabellada—, que tan funesta había

de ser a la larga para todos, no sólo para ellos,
los autores de la conspiración, ni en general, para
los protagonistas de la escena pública, sino para
la nación entera, e incluso para el infeliz cronista
que reúne, ordena y pone en limpio las presentes
notas. Diríase que nuestro hombre fue víctima de
una fatalidad ineluctable, capaz de moverlo en
contra de las más firmes propensiones de su carácter, y aún en contra de su instinto, que lo hacía
reacio. Según se desprende y puede colegirse de
sus palabras, así como de sus reticencias, cuando
en las memorias que tengo aquí alude al espi-
noso tema de sus relaciones con la primera dama
de la República, ella fue quien tomó la iniciativa,
quien hizo todos los avances, y quien desplegó
una audacia sin límites, mientras Tadeo, fiel a su
táctica cazurra de vergonzoso en Palacio, se limi-
taba a ver venir las cosas con desconfianza, recelo
y una frialdad calculadora, sin jamás aventurar
paso alguno al que no hubiera sido previamente,
no diré invitado, sino empujado o tironeado. Antes de tironearlo hasta la cama, se le había acer-
cado ella varias veces, con diversos pretextos; y,
después del *consumatum est,* cuando sus tretas
hubieron conducido al previsto fin y eran ya en
cierto modo prisioneros el uno del otro, no cejó
ella ni por un momento en las maniobras para
rendirlo a su arbitrio, y conducirlo a donde mejor
le diera la gana, como dueña y señora.

A las tenidas espiritistas que, con toda puntualidad, celebraba los martes bajo su dirección o
patrocinio, en una salita del Palacio, un grupo
de iniciados, fue a donde se le había metido en
la cabeza llevarlo. «Te quedarás bobo —le había
prometido ella— cuando veas qué gente acude
allí; de esta semana no pasa que vengas»; pues
él se había estado resistiendo, «sobre todo —explica— porque tengo la propensión, y casi el há-
bito ya, de resistirme a cuanto me propone la

Gran Mandona. Luego, cedo. O no cedo, según.
Pero por lo pronto y como cuestión de principio,
me resisto. Esta vez cedí, pensando que me encontraría allí por lo menos al arzobispo mitrado. En
cuanto a los espíritus...»

Es curiosa la actitud de Requena frente a los
espíritus; en definitiva, no difiere mucho de la
que siempre observaba frente a los seres de carne
y hueso. Por lo pronto, iba dispuesto a hallarlo
todo mal y falso. «Si no encuentro a los espíritus, encontraré por lo pronto a personas de viso,
y me daré el gusto de averiguar con qué clase
de entes ultratelúricos se trata sociedad tan distinguida...» Lo divertido del caso (y no me abs-
tendré de consignarlo, pese a su indecencia, porque después de todo la *petite histoire*, la nariz
de Cleopatra, explica, aclara y hace más compren-
sible la Historia con mayúscula), lo divertido del
caso, digo, es la razón, apenas esbozada, pero
seguramente decisiva, por la que Tadeo se mostraba al comienzo tan renuente a las sesiones de
espiritismo. Esta razón no era otra sino su temor
a que doña Concha aprovechara la oscuridad de
la sala para gastarle cierto tipo de bromas a las
que, por lo visto, tenía especial afición la buena
señora. A su manera fría, directa y brutal, pero
con mal encubierto embarazo, lo declara el secretario. «Tanta insistencia —escribe— me fastidiaba
ya. Esta mujer se cree siempre que puede lle-
varme, como a una criatura, a donde se le an-
toje. Y sobre todo, tenía yo muy pocas ganas de
que no se le ocurriera aprovechar la oscuridad
de la sala para ponerse a maniobrar por debajo de
la mesa y reventarme los nervios. Ella se pirra
por eso; le divierten las manipulaciones a hurta-
dillas de la gente, no sé si por el placer del riesgo, o por el gusto asqueroso de ponerle el gorro
al lucero del alba. Pero yo no puedo soportarlo,
no le encuentro el chiste; y ya más de una vez

me había visto obligado, por ejemplo, a repeler
con brusco humor su mano buscona en la penumbra del auto oficial, a espaldas del chófer... Pero,
por suerte —añade, aliviado—, a los espíritus,
siquiera les testimonió más respeto; allí no se
propasó nunca.»

No he resistido a la tentación de copiar ahora
este párrafo (ya veremos cuando haya que preparar el texto para publicarlo), porque, con toda
su grosería, lo encuentro sabroso y expresivo.
Como el faro de un automóvil que, inesperada-
mente, ilumina una escena torpe en el rincón de
algún jardín público, esas palabras revelan de golpe la índole de los personajes y la naturaleza de
sus relaciones; y no me refiero tanto a las relaciones carnales como a las relaciones psicológi-
cas. El joven Tadeo estuvo siempre a la defensiva
con ella; desde el primer momento. Siempre le
desconfió y la temió, detestando quizá lo que había de dañino en su persona, aunque quizá sin
darse cabal cuenta de en qué podía consistir o
dónde residía la amenaza.

Yo lo comprendo; nunca tuve con ella otro
trato que el superficial y mínimo, pero, sí, comprendo perfectamente el miedo de quienes se le
acercaban más. Atraía, sin duda alguna, y asus-
taba al tiempo mismo. Hasta se me ocurre pensar... Después de los detalles, que sobre su terrible muerte me ha contado mi tía Loreto, pienso
que sólo el terror debió de ser lo que desenca-
denara la bestialidad de aquel idiota, y moviera
su mano asesina. Otra explicación no la encuentro; esos crímenes estúpidos suelen tener raíces
oscuras, pero muy simples. En el espíritu ente-
nebrecido de aquel infeliz debió alzarse de pronto
una ola de pánico al sentir entre sus brazos a
la señora hermosa y aureolada de prestigio (sobre todo, esto: ¡la primera dama!), y ver que
le sonreía, ¡a él!; y que lo acariciaba, ¡a él!; y

que pretendía agradarle. Sí, me imagino su espanto. Aterrorizado, agarraría entonces el pedrusco, y golpearía, y golpearía, y golpearía, hasta dejarle la cabeza deshecha...

¡Pobre primera dama! Caída del trono, había perdido también por completo el dominio sobre sí misma, y se puso a emplear sus habituales armas sin ton ni son, del modo más insensato, concediendo sus favores a cualquiera, a los guardias de la prisión, al primero que los solicitaba (y «solicitar» es aquí, por otra parte, un eufemismo que suena a ironía sangrienta), en búsqueda ciega de alguna protección; braceando, desesperada, como el náufrago que sólo consigue así hundirse más y más.

# Dieciséis

Esta mañana, conforme repasaba yo mis papeles, de pronto me entraron ganas de reír, aquí, solo en mi habitación. Resulta que en esta historia nuestra, que chorrea sangre por todas partes, sin embargo, tal como voy documentándola, parecería tener reservada la raza canina una actuación casi constante, con papeles bufos unas veces, y otras dramáticos; o, si dramáticos es mucho decir, por lo menos, serios. Después del episodio de la perrita *Fanny* (al que nadie negará carácter histórico, con intervención de las grandes potencias mundiales, y fortalezas volantes en juego), un perro deberá ser también ahora el protagonista de cierto pasaje que encuentro en las memorias del secretario Requena, y que considero indispensable reproducir en su integridad, por cuanto ilustra oportunamente —aun cuando no tenga en sí mismo importancia decisiva— algunas peculiaridades del ambiente donde se incubó la actual tragedia de nuestra patria. No necesito subrayar el cinismo y la prepotencia insolente de que hace alarde Tadeo en su relato, y el extremo a que habían llegado las cosas. Sin preocuparse lo más mínimo por presentar la propia conducta a una luz algo más favorable, narra un hecho que le

113

honra muy poco, y lo hace en un tono rebuscado quizá, de desalmada indiferencia, como si se propusiera desafiar a sus hipotéticos lectores. Cuenta que un día, poco después de abrirse las oficinas, compareció en la antecámara don Luisito Rosales, con la pretensión de entrar al despacho del señor presidente, llevando un perro de la cadena. «Vaya una ocurrencia —comenta el secretario particular—. Por mucho que fuera ministro del gobierno, y preceptor mío, hubiera faltado yo a mis deberes de secretario privado permitiéndoselo. —Pero, doctorcito querido —le dije—, ¿cómo se le ocurre? Yo no puedo dejarlo pasar a presencia del jefe con ese animal a rastras. Ni lo piense, doctor; ni lo piense... —Me miró con desolación, escrutando todavía en mi cara la posible revocabilidad de mi actitud. Confirmé: —Ni pensarlo—. Y agregué: —Además, esta mañana no lo va usted a poder ver, ni con perro ni sin perro (pues de pronto me había irritado el viejo imbécil, y ya no me daba la gana). Ahora me sonreía él, conciliador, propiciatorio. Se había resuelto a darme parte de su secreto (pues claro está que en eso había un secreto), y ganarme a su causa. Se me acercó mucho y me dijo con ojillos cómplices en voz muy baja, aunque no había nadie más en mi despacho; me dijo: —Querido Tadeo: este perrito, ahí donde lo ves, es una maravilla, y hará las delicias de su excelencia. No te imaginas la sorpresa que le traigo a nuestro gran hombre. Pero tú vas a disfrutar de las primicias. Sí, tú vas a tener ese privilegio. Aguarda. —Echó una mirada alrededor—. ¿Dónde podríamos apartarnos para que veas lo que este animalito sabe hacer?

»Confieso que el demontre del viejo había conseguido meterme en curiosidad. Y como no tenía nada mejor de que ocuparme en aquel rato, ordené al conserje que no dejara pasar a nadie hasta nuevo aviso, y me fui a encerrar con el doctor y su perro en aquel mismo cuarto de baño presidencial donde por vez primera conocí al caudillo y a su plana mayor.

»—Bueno, vamos a ver qué maravilla es ésa —dije, cruzando los brazos cuando estuvimos allí; y me quedé a la espera. Por toda respuesta, el doctor levantó al perrito y lo depositó sobre la mesilla auxiliar que había junto al lavabo, liberado de collar y cadena. En seguida se puso enfrente y, con un movimiento brusco, alzó los dos brazos. El animalucho, entonces, tenso, a la expectativa, comenzó a abrir y cerrar la boca nerviosamente. Don Luisito escondió, rápido, a la espalda su mano izquierda manteniendo la diestra en alto; y, por fin, hizo con ella la señal que el perro aguardaba. Se oyó un ladridito, seguido de otro, y de otro, y de otro, a compás de la mano del doctor, que marcaba el ritmo; un ritmo lento, solemne y bien medido, al que sucedió luego una serie de ladridos cortos, vivos, militares: en suma, con asombro me di cuenta, no había duda: aquel perro estaba cantando, si así puede decirse, o estaba ladrándolo, ejecutaba, en fin, nuestro himno patrio; lo ejecutaba y, la verdad sea dicha: ¡bastante bien! Algo increíble. Había terminado el segundo tiempo; el doctor dejó caer su mano, y se quedó mirándome: ¿Qué tal?, me interrogaba, satisfechísimo, con la vista. Yo no expresé nada: se me estaba ocurriendo una idea. Medité unos instantes; luego, le pregunté: —¿Y es ésta la sorpresa con que quiere usted obsequiar al jefe por su cumpleaños?

»En su cara conocí que había atinado: mi idea funcionaba. El cumpleaños del presidente era de allí a cuatro días: ocasión de grandes festejos; y el doctor se apresuró a declarar, con un brillo de entusiasmo en los ojuelos: —Sí, precisamente; eso es; eso; pero yo quería que tú lo vieras pri-

mero; combinar las cosas contigo, programarlo
todo, para que la presentación sea un completo
éxito. Pienso, por ejemplo, en la ceremonia de la
Escuela Politécnica; no sé si ahí, o acaso...

»Estaba excitadísimo; había picado el anzuelo.
Le corté: —Conque ése era su plan... Vea, doctor, usted me va a dejar el perrito hasta la tarde.
A última hora de la tarde, o bien yo se lo llevo
a usted, o usted mismo viene a buscarlo, como
prefiera. Tengo que pensar. La cosa es seria.

»—¿Dejarte el perro? De ninguna manera. ¿Para
qué quieres que te lo deje? Yo del perrito este
no me separo. Has de saber que yo personalmente
le doy de comer y no dejo que nadie lo cuide.
Sólo a María Elena, a mi propia hija, se lo enco-
miendo cuando salgo de casa; ni siquiera de Angelo me fío, siendo hijo mío también, porque los
varones, ya se sabe cómo son.

»Aquello me indignó. El viejo me desconfiaba.
—Pero venga acá, don; usted me ofende. Está
bueno eso. De manera que acude a pedir mi ayuda, y ni siquiera se fía de mí.

»—Alto ahí, joven; no hay que ser tan suscep-
tible, no hay que sulfurarse tan pronto. En primer lugar, yo no he dicho que no me fíe de ti, sino
de mi propio hijo... —¿Y me va a comparar ahora con semejante..., con Angelo? Vamos, doctor,
le suplico.

»Quiso sincerarse, y no se lo permití. —Nada,
nada —dije perentoriamente, poniéndole al animalejo su collar y cadena—; usted, doctorcito, se
me marcha ahora, y deja aquí a este sabio bajo
mi custodia, que yo me ocupo de disponer las
cosas del modo más conveniente para usted.

»En resumen, lo despaché expeditivamente. Todavía escaleras abajo se iba protestando y haciéndome recomendaciones majaderas. —Ya sabes que
a la tarde vuelvo a buscarlo.

»Cuando me quedé solo, aun no había pensado

lo que haría con el perro. Volví al retrete donde
lo había dejado, lo miré y le dije: —Conque eres
un perro sabio, ¿eh? Pues ahora mismo me vas
a ofrecer una audición privada del himno nacional—. Y lo planté de nuevo sobre la mesita, con
cadena y todo. Yo mismo me reía, viéndome imi-
tar al doctor con los dos brazos en alto. ¡Ahora!, le grité al perro; e hice el gesto de la mano,
tal cual había visto que el viejo lo hacía. Pero
¡como si nada! El muy taimado del bicho me miraba fijo, sin abrir el pico ni dar señales de hallarse dispuesto a entonar la melodía. Dos o tres
veces repetí la mojiganga con igual resultado
nulo. Aquello me enfureció. De un tirón, lo bajé
de la mesa. —Así es que su señoría no se digna
cantar para este negrito, ¿verdad? Pues ¡aguár-
dese, perro sabio!— Salí, busqué en el cajón de
mi mesa una cinta y, con mucho cuidado, muy
despacio, hice en ella un nudo corredizo; luego
fui, le pasé el lazo por el pescuezo, y lo colgué de
una percha en el guardarropa. —Así verás quién
soy yo. Le presento mis respetos, señor Caruso—,
y me incliné, mientras se balanceaba en los ex-
tertores.

»Cuando a la tarde, y bien temprano, llegó el
doctor, yo no sabía cómo decírselo. —¿Dónde
está el perro? —me preguntó en seguida con so-
focada ansiedad. —Siéntese, doctor; siéntese; aho-
rita.— El lo hizo, con una sonrisa que aparentaba
absoluta confianza. Pero a la vez quería leer di-
simuladamente mi cara cerrada y seria. Empezó
a charlar, y su locuacidad parecía inagotable. Me
contó cómo había conseguido, a fuerza de paciencia, de castigos y recompensas, enseñar a aquel
perro a modular el himno. Me dijo de qué manera le había venido la idea. Su primer esbozo,
todavía impreciso y medio subconsciente, debió
de acudirle cuando, hace tiempo, leyó en las *Se-
lecciones del Reader's Digest* la bella hazaña de

un brasileño, criador de pájaros y patriota, que, mediante hábil, ingeniosa y paciente orquestación, había enseñado a un conjunto de aves diferentes a ejecutar el himno nacional. A mi doctor le había entusiasmado la curiosa noticia, en la que veía una muestra de cómo el hombre puede hacer que la Naturaleza, las especies volátiles y canoras de la selva, reducidas a domesticidad, concierten sus voces maravillosas para cantar la grandeza de la patria. Se lo imaginaba al brasileño parado ante las jaulas, dando la entrada por su orden a las distintas voces...

»—Pero, en realidad, aunque eso haya podido influir, lo que de veras despertó mi inspiración fue... ni te lo imaginas. ¿Te acuerdas aquel día, en la parada, cuando un perro perturbó la solemnidad del acto con ladridos intempestivos, y yo bajé de la tribuna presidencial a propinarle una patada? Pues entonces fue que se me iluminó el cerebro. Verás: el perro estaba ladra que ladra; ya cansaba; y yo vine a acertar a darle el puntapié justo cuando la banda que tocaba el himno saltaba del *andante maestoso* al *allegro*, y él empezó a proferir alaridos cambiando también el ritmo. Yo entonces me dije: ¡Caramba! Bueno, así son los grandes inventos de la Humanidad. El resto fue buscar un animalito dócil, inteligente y de buen timbre, y extremar con él la paciencia. Eso hice, y los frutos, tú los has visto. —Se interrumpió—: Bueno, anda, entrégame mi perro, que tengo prisa. ¿Has pensado cómo vamos a presentárselo al Jefe? En ti confío, ya sabes. No quiero ocultarte que en ese animalito, al que tantos desvelos he consagrado, tengo cifradas mis mejores esperanzas. Espero de él no otra cosa que mi reivindicación moral. Nada más, pero tampoco nada menos. No pretendo premios, recompensas ni regalos; pero quiero hacer ante el Jefe un alarde incontestable de mis dotes pedagógicas, para desmentir la maledicencia de los enemigos y opositores empeñados en desacreditar mi obra e impugnar mi capacidad como ministro de Instrucción Pública. Nada de polémicas en los periódicos, nada de argumentos y contrarréplicas, sino hechos, ¡hechos! Ese modesto perrito, capaz de entonar ante su excelencia el himno de la Patria; y todo ¿por virtud de quién? Pues por obra y gracia de este humilde servidor, de este educador tan discutido y denigrado, del doctor Rosales en persona, quien, según los necios propalan, no tiene idea de lo que es la enseñanza.

»Se echó a reír del disparate. Ahora verían... Y volvió a insistir en que le devolviera su perro. —Vamos, ¿dónde está mi valedor, menos irracional que quienes me combaten? —Estaba excitado el viejo, eufórico, y me dio rabia. —Aquí, doctor; venga por acá —le dije fríamente; y me levanté, encaminándolo hacia el guardarropa. Abrí la puerta y prendí la luz.

»—¿Dónde está? No lo veo. —¿Cómo iba a verlo mirando al suelo? Señalé con el dedo hacia el bulto, que hubiera podido tomarse por una bolsa colgada de la percha. El doctor no dijo ni pío; sólo se le cayeron al suelo los anteojos. Se los recogí, lo saqué por un brazo y le hice sentarse en una butaca, junto a mi sillón. Estaba pálido y me echaba miradas de extravío.

»Entonces yo tomé la palabra y le expliqué mis motivos. Con voz adusta, lenta y bastante firme, le dije, entreverando el tono de reproche dolorido con el de cariñosa protección: —Parece mentira, doctor, que un hombre de sus años y de su experiencia pueda incurrir... Vea, yo le prometí hacer lo mejor para usted; pues eso —señalé hacia la puerta del guardarropa—, eso, doctor, es lo que más le conviene: eliminar el cuerpo del delito. —Hice una pausa—. ¿Se da cuenta —proseguí— la irreverencia que significa poner el him-

no nacional en la boca de un perro? Irreverencia
no es nada. Se trata, en verdad, de un delito
de lesa patria. Sencillamente. Y todavía ¡propo-
nerse perpetrar semejante ludibrio en presencia
del Jefe del Estado! Pero, doctor, usted se ha
vuelto loco...

»Mientras hablaba, iba observando yo el efecto
de mi discurso. El hombrecito estaba anonadado.
Me miraba con los ojos vidriosos, trataba de comprender y no salía de su asombro. Proseguí:
—¡Qué disparate! ¡Quién sabe si, en lugar de ese
pobre bicho, no hubiera sido usted quien se tuviera que colgar de desesperación por los resultados de su impremeditada y ligerísima iniciativa!
(Me sentí hablar como él mismo hablaba; no en
vano había sido mi preceptor; en las ocasiones
serias, adoptaba sin proponérmelo su estilo de
elocución.) Porque yo —proseguí—, que soy su
amigo, estoy convencido de que sólo la falta de
reflexión, y no el espíritu de burla, ha podido
inducirle a usted, todo un ministro del gobierno,
a cometer acto tan punible. Por muy contento
puede darse de haber tropezado conmigo. ¿Se imagina los titulares del *Boletín del Ejército*, el comentario del Mangle López por la radio? Pero
tranquilícese, doctor, que ha tenido la suerte de
dar conmigo... Diga: ¿conoce el asunto alguien
más que yo?

»Denegó lenta, tristemente con la cabeza, a la
vez que me untaba una mirada canina. Debía de
sentirse perdido, el viejo zascandil... Ya estaba
hecho el trabajo; asunto concluido. Seguí abun-
dando sobre el tema, para asustar y tranquilizar
alternativamente al hombrecito, y hasta conseguí
que me diera las gracias — con un apretón de
manos y la expresión de la mirada, pues parecía
haber perdido el habla. En fin, cuando se dispuso
a irse, le di una palmada en el hombro y pude

arrancarle una lastimera sonrisa con algunas bromas: —Alégrese, doctor. La oportuna muerte de ese chucho le salva a usted de la horca; lesa patria, pena capital. Y me pasé, como de costumbre, el dedo por la garganta.»

# Diecisiete

¡Qué viejos, qué lejanos y qué triviales, qué absurdos en su insignificancia, parecen ahora todos esos cuentos, a la vista de lo que está ocurriendo en torno a uno! Me refugio yo y meto la cabeza entre mis papeles por no pensar en el peligro que acecha; pero, de pronto, cuando más distraído estoy, me entra el dichoso vértigo, siento una especie de mareo y náusea, empieza a darme todo vueltas alrededor, y es como si despertara de improviso a la cruda realidad. ¿Será posible —me pregunto entonces—; será posible, Pinedito, que te preocupes y hasta te indignes a veces por tonterías semejantes? ¿Qué importancia puede tener, por ejemplo, a la fecha de hoy, la pequeña crueldad de un Tadeo Requena complaciéndose en sacar de quicio al infeliz de Luisito Rosales con sus tan repetidas y necias bromas sobre estrangulación? Uno y otro, muertos están ya; y estrangulaciones, y puñaladas, y fusilamientos, y horrores de todas clases, se encuentran a la orden del día, como si aun el último sentimiento humano hubiera desaparecido. Y en comparación, las querellas de ayer se nos antojan pequeñeces; pues lo que pasa ahora ha alterado las medidas antiguas, cambiando por completo los criterios que antes se tenían por válidos. Así, mucha gente que detestaba a doña Concha, la presidenta, ha terminado por compadecer su triste suerte, y hasta por descubrirle algunas póstumas virtudes; y, al lado de lo que hoy usurpa irrisoriamente el nombre de gobierno, el gobierno de Antón Bocanegra hubiera merecido parangonarse con el de Marco Aurelio — tan relativas son las cosas de esta vida.

Yo mismo —pues no me excluyo— he tenido que modificar algunas de mis anteriores apreciaciones; y no siento empacho en reconocer que cuando, en medio de esta batahola, entablé contacto de nuevo con mi tía Loreto, lo apretado y difícil de las circunstancias que a todos nos oprimen hizo que nuestra conversación fuera no ya confiada, sino incluso muy afectuosa, y que de ella naciera una sincera estimación por parte mía hacia esa pobre mujer a quien explicables razones de familia me habían hecho mirar siempre con prevención.

Fue el viejo Olóriz, pariente suyo, quien me facilitó sus señas actuales; y tuve el placer de presentarme a ella no en busca de protección, que para nada necesitaba ya, antes en la actitud de quien, a lo mejor, hubiera podido ofrecerla. Porque, en efecto, cuando —a raíz del asesinato de Bocanegra— se produjeron los trágicos acontecimientos que nos han traído hasta aquí, y se instaló en el poder la junta de esos que yo llamo *in mente* los Tres Orangutanes Amaestrados del viejo Olóriz (sin que, por supuesto, el apodo jamás salga de mis labios, pues los tiempos no están para bromas), creí prudente arrimarme a éste y nombrarlo mi jefe, dado que, en realidad, yo siempre había trabajado para los servicios reservados y especiales que él, más o menos, controla. Ahora está controlando también —medio imbécil y malvado como es el viejo— al increíble trío que ha trepado y por el momento preside

—digámoslo así, pues ocupan a terceras partes el cargo de presidente—; que presiden, pues, los destinos de la patria.

Sí, sus orangutanes amaestrados. Es cosa de verlo y no creerlo. ¡Qué sujetos!, ¡qué calaña! Desde que por vez primera aparecieron en la televisión, oscuros, con la mirada tristísima bajo la visera de sus gorras militares encajadas hasta las cejas, tuve la impresión neta de que los tres sargentos de la Junta Revolucionaria no eran sino antropoides escapados de un circo, y que sólo por sorpresa, sólo por una serie de asombrosas casualidades hubieran atinado a encaramarse en el gobierno. Estábamos, como de costumbre, en el café de La Aurora, a la expectativa de noticias; y cuando la televisión presentó al público la recién constituida Junta provisional revolucionaria, todo el mundo se quedó helado, sin que nadie se permitiera comentario alguno; nadie, salvo —claro está— el inevitable Camarasa, que hizo uno de sus chistes fúnebres. ¡Discretísimo silencio! El zumbido de los ventiladores era lo único que se oía al desaparecer de la pantalla las imágenes que tanto nos habían impresionado. ¿Quiénes podrían ser aquellos personajes?

Los antecedentes del siniestro equipo no tardaron mucho, sin embargo, en conocerse. Resulta que no todos tres surgían de improviso a la publicidad desde el anonimato, como se había creído; si en el campo político constituían novedad absoluta, uno de ellos, al menos, el llamado Rufino Gorostiza, se había asomado ya antes a los periódicos —en la sección deportiva, no como ahora en primera plana—, y tiempo atrás había disfrutado de cierta notoriedad dentro de los ambientes del *catch-as-catch-can* o lucha libre, bajo el pseudónimo de La Bestia. Muchos aficionados recordaron en seguida con gusto sus famosos encuentros versus Antonio Rodríguez *(Superman)* y, sobre todo, se complacían en evocar la memorable derrota que infligiera al hasta ese día imbatible Gardenia el Bello. Eran otros tiempos; todo esto pertenecía al pasado. La Bestia abrazó luego la carrera de las armas, donde no tardaría en alcanzar el grado de sargento y, por fin, la dignidad de triunviro, que ahora comparte, como nadie ignora, con sus colegas Falo Alberto, de la Policía Montada, y Tacho Castellanos, alias *Salpicón*, de los parques de Intendencia, adscrito éste a las oficinas de la casa presidencial cuando el deber lo llamó, a través de las peripecias que todo el mundo conoce, a integrar y encabezar la Junta revolucionaria que debía sacar a la patria tanto de la anarquía como de la amenaza reaccionaria («hidra reaccionaria», es la expresión que se ha puesto en boga). Pero lo que no conocía todo el mundo por entonces, ni muchos se imaginan todavía, es que el verdadero cerebro de ese grupo, quien desde su casa, desde la butaca donde está medio baldado, tira de los hilos, quien maneja la tramoya, el dueño en fin cuya voz reconocen los Tres Orangutanes, es el viejo Olóriz, mi muy querido administrador de los Servicios especiales y reservados.

No podría asegurar yo que fuera él quien urdió la trama de este gobierno durante aquellas horas terribles de desorden e indescriptible pánico: alguna vez tendré que averiguar ese punto; pero lo que no deja lugar a dudas es que, por lo menos, cuando estos antropoides se vieron en lo alto, recurrieron mansamente a nutrirse de sus sabios y venerables consejos; y ellos, que de todo el mundo desconfiaban, se fiaron de él. Yo no sé cómo se las arreglaría aquel valetudinario para captar sus voluntades hasta metérselos así en el bolsillo; sé que, por una rara casualidad, los conocía a los tres, y había tenido algo que ver con ellos, cada uno por su lado; no sólo con Tacho

Salpicón, cuyos ahorros de Intendencia adminis-
traba muy satisfactoriamente el prudentísimo anciano, sino con La Bestia, desde sus tiempos de-
portivos, y también con el otro, con el sargento
de la Policía. De modo que cuando yo, en el desconcierto de aquellas primeras jornadas, visité y
me puse a frecuentar la casa de Olóriz, no sospechaba hasta qué punto había dado en la tecla.
La reflexión me aconsejaba, desde luego, abste-
nerme del contacto con doña Loreto que, sobre
ser viuda de un general de vieja cepa, estaba viviendo en Palacio y pertenecía al círculo íntimo
del régimen caído; pero fue el instinto quien me
avisó del árbol a que debía arrimarme en busca
de sombra. A su amparo vivo, aunque nadie puede
sentirse muy en seguridad al lado de este viejo
ladino. La misma manera como ejerce él su influencia tremenda, sin que se note, sin que se
sepa, sin uno solo de los gajes, ventajas y satisfacciones del mando, aparte la propia de ejerci-
tarlo, me permite estar cerca de él, verlo a cualquier hora del día o de la noche, hablarle; pero,
al mismo tiempo, me coloca a su entero arbitrio, como si yo fuera uno más de los títeres que
él mueve con sólo un dedo, y al que puede tum-
bar cuando le plazca, dejándolo tirado.

Así y todo, vamos viviendo, vamos trampeando
con la vida. Y ya los días pasados me pareció
que no sería imprudente, quizá ahora todo lo
contrario, buscar a Loreto y, como quien no quiere la cosa, obtener de sus labios los datos, preciosos sin duda, que ella y nadie más que ella posee acerca de la génesis de los acontecimientos
actuales, cuyo bosquejo preparo. Estaba persua-
dido de que las noticias proporcionadas por la
amiga, confidente y quizá cómplice de la primera dama no sólo complementarían la información
contenida en las memorias del secretario de la
Presidencia, no sólo servirían para confirmar o

rectificar a éste, sino que aportarían también elementos inéditos, sobre todo a partir del momento en que el coronel Pancho Cortina puso punto final con su pistola a las caligrafías de Tadeo Requena. Mis esperanzas no quedaron defraudadas. Olóriz me dio las señas actuales de mi tía Loreto y, después de haberme puesto de acuerdo con ella por teléfono, allá me encaminé a visitarla.

No estaba escondida, ni creía, la muy inconsciente, haber tenido nunca motivo para esconderse; simplemente, cuando una partida de forajidos entró en Palacio y, so pretexto de seguridad personal para la interesada, se llevó presa a la ex presidenta —cosa que ocurrió al día siguiente de morir Bocanegra—, ella, Loreto, se apresuró a meter en un maletín lo más necesario y acudió en busca de hospitalidad a las puertas de un matrimonio amigo, quienes, por si fuera poco prestarle habitación, unos días después huyeron a refugiarse, del otro lado de la frontera, en una factoría holandesa de la cual eran accionistas, y le dejaron por suya, y a su cuidado, la casa entera. Allí estaba instalada como una reina cuando llegué a verla. Nuestra conversación resultó al comienzo —se comprenderá— un poco violenta, hecha de excesivo interés por la suerte respectiva y de ofrecimientos exagerados. Yo me preguntaba qué pensaría de mí aquella necia, y supongo que ella por su parte estaría preguntándose algo por el estilo: que qué tripa se me había roto, para acordarme de ella e ir de pronto a buscarla. Pero al poco rato ya empezamos a sentirnos más cómodos ambos, y la conversación se prolongó por fin durante varias horas. Tantos horrores han sido menester para que, al cabo de años y años, se rompa el hielo entre nosotros... Yo empecé por preguntarle cómo había capeado el temporal; y entonces fue cuando me contó la detención de doña Concha y todos los incidentes que siguieron.

Más de una semana había tardado en averiguar
dónde llevaron a su amiga; y después de saber
que estaba presa en el antiguo asilo de la Inmaculada Concepción, todavía le costó un montón de
días conseguir el permiso para verla. ¡Para verla
muerta!; pues cuando, tras de nuevas posterga-
ciones, la dejaron por último pasar a la enfermería, debió encontrarse allí con el horrible espectáculo... Por supuesto, Loreto se apresuró a
reclamar el cadáver para que su amiga tuviera
un sepelio digno, al mismo tiempo que removía
Roma con Santiago exigiendo que el crimen no
quedara impune. En realidad, y puesto que, como
dicen, muerto el perro se acabó la rabia, salieron
del atolladero con despachar de un pistoletazo
al que, según parece, la había asesinado: un idiota del asilo, que, «liberado» por la revolución, andaba como alma en pena merodeando siempre
por allí, con la transigencia piadosa del ex conserje y actual celador de la prisión. Este, un buen
hombre, y muy respetuoso a juicio suyo, fue
quien impuso a Loreto de cuanto había ocurrido
desde que doña Concha ingresó en la Inmaculada. Pero son cosas —se interrumpía a cada
rato—, usted me perdonará, señora, impropias
del oído de una dama; y ella tenía que tranquili-
zarlo, repitiéndole que era como una hermana para
la detenida y que deseaba, necesitaba absolutamente estar al tanto de todo; con lo cual terminó enterada de las ignominias a que, de mejor
o peor grado, había debido prestarse la ilustre
detenida. Opinaba Loreto que a ésta, con tanto
desastre, seguramente se le había debido de ir
la chaveta. ¿Cómo, si no, explicar conducta a tal
punto disparatada, tan...?

Yo quería, como suele decirse, meterle los dedos en la boca, para que devolviera; de modo
que la interrumpí aquí:

—Pero ella, perdóneme, no sé cómo se lo diga;

ella, en ese aspecto, nunca... En fin, nadie ignoraba... —Incluso deslicé una alusión al asunto de
Tadeo.

Al ver que estaba informado (y esta táctica, re-
petida cada vez que se me quería poner reticente,
dio siempre resultados infalibles), abandonando
su reserva, me replicó que sí, que era cierto, pero
que estaba segura, sin embargo, de que a la pobre debían de haberla forzado al comienzo porque, si bien no era una remilgada, tampoco tenía
nada de tonta, y lo que había estado haciendo en
la prisión era la peor de las tonterías.

—No sé, no sé —terminó mi tía, moviendo la
cabeza. Después de muerta, su amiga la resultaba
tan incomprensible como lo había sido en vida—.
Era muy loca —dijo—. Y yo, que le seguía la
corriente, más loca aún.

Se había puesto deprimida, con los ojos bajos
y la voz velada: había llegado a un punto de
ablandamiento. Como quien alude también, discretamente, a su propio caso personal, yo dejé
caer la observación de que vivir en soledad es
demasiado penoso, de modo que siempre hay que
seguir la corriente de alguien: la muerte de Antenor debió de ser para ella un golpe... Aunque a
tientas, había tocado en la llaga. Muy excitada, y
no sin cierta vacilación, a vuelta de infinitos
preámbulos, me confió entonces la historia de la
Presencia Maravillosa, tal como antes queda extractada, confesándome que desde el momento
mismo de la revelación no ha vivido ya un solo
instante sino en la esperanza, hasta ahora nunca
cumplida, de recuperar en alguna forma el bien
perdido, «recordar siquiera el nombre, escuchar
de nuevo su acento, ya que no pueda verle», terminó, como en una plegaria, con las manos juntas, y los pesados, lustrosos párpados sobre los
ojos marchitos... La oía yo, y no sabía si asom-
brarme de su extravagancia o compadecerme de

sus sentimientos. De cualquier modo, no deja de
ser impresionante el hecho de —a menos que
mixtifique o confunda— haber tenido la pobre mujer semejante sueño mientras, a su lado, en la
cama, fallecía de mortal ataque el marido. Y aun
en el supuesto (que, desde luego, no excluyo) de
que todo fuera una fantasía construida *a posteriori*, no por eso su angustia es menos efectiva,
menos dolorosa su obsesión, menos patética su
manía. Le pregunté:

—¿Y nunca después ha tenido usted barrunto
alguno, nueva señal, nada?

—Nada —me contestó con énfasis—. ¿Podrá
creerme, Pinedo? Lo que se dice nada —y me miró
en silencio.

En seguida contó que, por ayudarla, Concha
había insistido en que concurriera a probar fortuna en las reuniones donde, bajo su iniciativa,
un grupo de personas distinguidas, versadas y serias establecían contacto semanalmente con el Más
Allá desde una salita apartada de Palacio. Ella,
que por entonces ya se había instalado allí, para
complacerla —no hubiera podido negarse—, empezó a acudir, «pero con pocas esperanzas, imagínese; pues ¿cómo iba a invocarlo, si precisamente la dificultad consiste en que no consigo
recordar su nombre? Llamarlo por el de Antenor
sería como gritar en el desierto; y hasta parecería una burla, después de la revelación que
él me hizo de su verdadera personalidad, tan distinta... Sin desmerecer a Antenor: muy distinta,
y perdóneme, de la suya. Qué le voy a decir: Antenor era buenísimo, nunca ocasionó daño a nadie, y
hasta para morirse fue considerado, lo hizo sin
dar guerra, sin producir molestia alguna, salvo,
claro está, el inevitable susto. Pero de cualquier
manera, ¿cómo comparar? Quisiera que usted me
entienda».

La entendía.

—¿De modo que nunca?...

—Nunca. Tan sólo una vez, un espíritu majadero, o burlón, o tarado (porque también los
hay, naturalmente) me quiso embromar dirigiéndose a mí para hacerse pasar por la Presencia
Maravillosa; y va y me dice: ¿Me conoces, Loreto? (como si fuera una mascarita); mira, Loreto: yo soy aquel que tú sabes. Pero cuando le
apreté las clavijas, exigiéndole que pronunciara
su nombre, el muy desgraciado se quiso salir por
la tangente: Tú me conoces bien, respondió: Soy
el Sagrado Corazón de Jesús... Lo mandé a freír
espárragos con sus chuscadas de mal gusto. Pero
la verdad es que ¡qué no hubiera dado yo, qué
no daría por sentirlo a El hablarme de nuevo!

Conforté su ánimo lo mejor que pude; pero
al mismo tiempo aproveché la oportunidad para
aventurar la opinión de que el trato con los espíritus resulta siempre incierto y puede llegar a
ser funestísimo; y de que muchos de los males
que han llovido y llueven sobre nuestras cabezas se concitaron precisamente en esas mismas
sesiones de los martes, donde ella, en cambio, no
había conseguido la más pequeña luz. Si un espíritu burlesco le había querido gastar una broma
cruel, otros, malvados, habían engañado al joven
Requena, espoleando sus ambiciones y persua-
diéndolo a que hiciera lo que había de perderlo, a
él y al país entero... Loreto meditó un momento;
sonrió. A ratos no parecía tan necia.

—No de todo han de tener la culpa los espíritus —dijo, al fin—; o, por lo menos en este
caso, no es suya la culpa principal. —Reconoció
que, en realidad, su amiga Concha era quien había dado ahí los pasos decisivos, con gran susto
de parte suya, pero sin que estuviera en su mano
evitar nada, porque cuando ella venía a enterarse ya estaban las cosas hechas, o a medio hacer,

y no había vuelta posible—. La verdad es —reflexionó— que Concha era una especie de torbellino: nos arrastraba a todos, hasta que ella misma
se sumió, tragada por el vórtice de su propio
arrebato.

# Dieciocho

Esta conversación con mi tía Loreto, que duró varias horas, me ha permitido conocer, entre otras muchas cosas de interés positivo, detalles inapreciables acerca de la muerte de Bocanegra, cuyas particularidades parecían destinadas a quedar tan en la oscuridad como si se tratara del asesinato de un remotísimo rey godo. Me refirió Loreto que esa noche terrible, cuando ya ella estaba dormida desde hacía quién sabe el tiempo, quizá de madrugada, vino a despertarla su amiga golpeando con urgencia a la puerta de su cuarto, e irrumpió en él como un tromba, toda desmelenada, para echarse de bruces sobre su cama sin pronunciar palabra. Sólo al cabo de un buen rato y de muchos ruegos, con voz fría, apática, le anunció secretamente: —Tadeo ha matado a Bocanegra. (Aun entre nosotras —me aclaró Loreto—, solía llamarle a su marido Bocanegra, no Antón.) Agregando: —Por celos. —Yo, imagínese, Pinedo, me quedé estupefacta. ¡Por celos! De momento no pensé en las consecuencias tremendas de esa noticia; pensaba: ¡Por celos!; y no podía creerlo. Que un amante sienta celos del marido no es imposible, ni tan raro. Pero ¿celos Tadeo? Yo sabía bien lo tormentosas que eran

las escenas íntimas entre ese muchacho odioso
y la loca de Concha; más de una vez me había
tocado en suerte el desagradable papel de testigo
y mediadora; pero no eran cuestiones de celos;
era que él la detestaba, y se debatía con la desesperación de quien lleva una piedra atada al cuello, de la cual quisiera y no puede librarse. La
insultaba; un día, delante de mí, le dio un empujón que la hizo trastabillar hasta una butaca...
¿Por celos? No, por asco, por aversión. Y ella, a
su vez, había llegado a aborrecerlo también desde
el fondo su alma. Si yo fuera a contarle, Pinedo...
Pero continúo: estando yo turbada con estos pensamientos y ella tirada siempre, boca abajo, en
mi cama: ¡clac!, se oye un disparo. Uno solo,
claramente; y luego otra vez el silencio. Concha,
que seguía con la cabeza entre los brazos, se
irguió, venteando como un perro; y en seguida,
de un salto, se puso en pie, y me dijo con la voz
tensa, pero ahora casi alegre: —¿Has oído? Voy
a avisar en seguida. —Y descolgó la extensión
de teléfono que teníamos instalada en mi anteca-
mara, para comunicarse con el coronel Cortina.
Yo estaba muy confusa; no entendía nada; pensé
que Tadeo se hubiera suicidado, después de cometido su crimen. Pero Concha le estaba gritando
ya a Pancho Cortina que viniera sin tardanza,
que algo muy grave había ocurrido; que el presidente, sabiéndose traicionado por ese miserable
de Tadeo Requena, acababa de liquidarlo. A mí,
la cabeza me daba vueltas. —Yo no salgo de mi
escondrijo, ¿sabes, Pancho?, hasta que la situación esté despejada —había concluido ella—. Despejada, ¿me entiendes? Quien no entendía era
yo, Pinedo. Le garantizo que la cabeza me daba
vueltas. En un primer momento creí, como digo,
que a lo mejor Tadeo se acababa de pegar un
tiro. Ese disparo único, en medio del silencio de
la noche, si era cierto lo que ella me había comu-

nicado al entrar, no podía ser otra cosa. Pero
ahora resultaba... Más tarde se supo —así lo vo-
cearon radios y periódicos— que el disparo lo
había hecho, en efecto, el secretario Tadeo Requena, quien mató de la manera más alevosa a
su jefe valiéndose de su propia pistola, cuando
éste se hallaba en cama. Era verdad, pues, lo
que en el primer momento me había comunicado
Concha. Sin embargo, cuando ella me lo dijo, todavía no se había oído detonación alguna. Es
cosa que no comprendo. Si yo estoy en mi sano
juicio, eso no puede ser: ahí hay un misterio, y
por más vueltas que le doy no consigo descifrarlo.

Yo me sonreí para mis adentros. Las puntuales
memorias de Tadeo me habían proporcionado la
clave de ese misterio; yo había leído por adelan-
tado el desenlace en las últimas páginas de la
novela y, como un detective que se reserva ciertos
datos para sorprender al lector, estaba en condiciones de desenredar la trama. He aquí que la
primera dama acusa a su amante, el secretario
Requena, de haber matado al Jefe del Estado, su
esposo; y, sin embargo, sólo más tarde suena el
disparo homicida. ¡Problema! Mas yo no tenía
interés alguno en ofrecerle la solución a Loreto.
Le planteé otra cuestión:

—Y ¿cómo se explica que nadie acudiera al
ruido?

—Eso mismo me preguntaba yo en aquellos
momentos, viendo que nadie, en efecto, rebullía.
Pero, después de todo, la cosa no es tan rara. Para
empezar, la mayor parte de los empleados duermen fuera del Palacio; y los que duermen allí, o
dormían, era en la otra ala, mientras que nuestras habitaciones quedaban al lado de las oficinas. Además, si alguien oye un tiro procedente
de esa parte, lo más fácil —hay que suponerlo—
es que meta la cabeza debajo de la sábana y se
quede quietito, para evitarse líos. En cuanto al

cuerpo de guardia, queda lejos. El resultado es
que, hasta no escucharse, luego, la serie de dispa-
ros, uno, dos, tres, cuatro, con que Pancho Cortina ejecutó sumarísimamente y por su propia
mano al magnicida, y en seguida el barullo de
la escalera, no empezó a acudir gente... En cuanto
a la conducta de Cortina, había sido bastante
rara y temeraria, ¿no le parece a usted, Pinedo?
Llega, acompañado no más que de tres o cuatro
hombres, y todavía los deja al pie de la escalera: él solo sube a enfrentar quién sabe qué situación; y luego, en lugar de detener al secretario, lo
mata sobre el terreno. ¡Cualquiera entiende!

—Y si no fueron los celos, ¿no le parece a usted, tía Loreto, que lo que movió a Tadeo pudo
muy bien haber sido el temor? —le pregunté—.
El temor, digo, a que Bocanegra, enterado quizá...

—Bocanegra no sabía nada —me contestó—, ni
tampoco quería saber nada. Al final, lo único que
le interesaba a Bocanegra era el fondo del vaso.
Y otros —añadió con una sonrisa enigmática.

Pero sobre esta insinuación no conseguí sacarle una palabra más. Creo que no era, desde luego,
a dinero a lo que aludía con esos otros fondos. Tal
vez más adelante, llegada la oportunidad, durante
una nueva entrevista, consiga averiguar algunas
de las intimidades de Palacio, que ella conoce
mejor que nadie. ¿Por qué no ha de comunicár-
melas? ¿Qué le importa ya, tal como están las
cosas, toda esa agua pasada? Me importa a mí,
como historiador: el historiador debe remontar
las aguas. Y en tal sentido, no puedo quejarme
del resultado de esta visita: han sido datos de
primera magnitud los que me ha suministrado.
Tampoco yo iba a andarme por las ramas. Quería
saber cuáles habían sido, en concreto, las intenciones y actuaciones de los traidores del drama,
su trato; sobre todo, en lo que se refiere a ella,
porque a él lo tenía confesado de antemano

—confesión casi diaria— en las hojas borroneadas de su prolijo manuscrito.

—¿Y usted no cree, tía Loreto, que si Tadeo hizo lo que hizo fue por instigación de doña Concha? —le pregunté para inducirla a hablar.

—Mire, Pinedo, la cosa no es tan sencilla; yo no lo sé, no me atrevería a decir que sí ni que no; los acontecimientos últimos yo no los veo nada claros...

—Pero siendo como usted dice, que a Bocanegra ya no le interesaba ella, y que nuestro hombre se interesaba, en cambio, por esos fondos, o fondillos, misteriosos que usted no me ha querido precisar, no resultaría demasiado raro que ella, entonces, resentida...

—¡Bueno! —vaciló—, motivos para estarlo no le faltaban. A Bocanegra ¿quién lo entendía?; y la gente que tanto calla, llega a dar miedo. ¡Pensar que para ese hombre Concha lo había sido todo, en la época brava, durante la lucha, cuando no tenían ni qué llevarse a la boca! Sin su ayuda, Antón Bocanegra jamás hubiera salido del pozo. Vea, Pinedo: él era un fracaso viviente; el fracaso lo llevaba dentro, como un cáncer, y luego se ha visto que su encumbramiento no significaba regeneración, sino más bien un ensanchar y ahondar esa vocación suya de fracaso para que en él participáramos todos y todos nos hundiéramos.

Me quedé atónito oyendo esas palabras en labios de Loreto. Pero ¡cómo! ¿Era ella quién así hablaba? No, no era ella. Se dio cuenta de mi ojeada, de mi sorpresa, enrojeció un poquito bajo sus cremas de belleza, y declaró:

—Solía explicarlo un señor amigo mío, el dueño, precisamente, de esta casa en que ahora estamos, quien lo había conocido a Bocanegra desde los tiempos de estudiantes, en la universidad.

Me sonreí, y no pude contener una bromita:

—¡Ah! —exclamé—. Yo había pensado que la Presencia Maravillosa le soplaba a usted esa frase.

Nunca lo hubiera hecho: recayó en el tema de la Presencia Maravillosa, que la obsesionaba, y me costó mucho trabajo hacerle regresar de nuevo a nuestro asunto.

Eso me sirvió de escarmiento para no interrumpirla en lo sucesivo; y, por cierto, más de una vez tuve que morderme la lengua. Pero la dejé que dijera cuanto disparate le diese la gana, y fue mejor así, porque de ese modo pude echar sobre el movimiento acaudillado por Antón Bocanegra la mirada retrospectiva que tanto conviene a la objetividad del historiador. Si salgo a contradecirla, ella se hubiera encogido como un caracol; mientras que haciéndome el muerto la buena mujer se abandonó al placer agridulce de los recuerdos, y sus divagaciones me presentaron el cuadro de un Bocanegra joven, lleno de fuego, de generosidad, de amor a los desheredados (porque amor a los desheredados era su plebeyismo abyecto, y generosidad su verba irresponsable, y fuego su resentido encono, y talento la demagogia atroz del *Pai 'e los Pelaos*), al que asistía, confortaba y prestaba espirituales auxilios aquella mujer abnegada que, prescindiendo de su propio interés y de cualquier otra consideración, lo había abandonado todo para seguirlo en su empresa redentora... ¿Verdaderamente, se veían así ellos? ¿Con tan idílicos rasgos y colores? Loreto recalcaba la importancia del papel desempeñado por su amiga doña Concha, acentuaba sus méritos, y en los sobresaltos, angustias, fatigas, penurias y zozobras de la época «heroica» encontraba excusa para sus desvanecimientos e insensateces a la hora del triunfo.

Ahí sí me creí en el caso de intercalar una preguntita provocadora.

—Ya sé —concedí, un tanto sardónico bajo la

máscara de sinceridad— que sin ella no hubiera
hecho Bocanegra todo lo que hizo; pero, dígame,
Loreto, ¿usted no cree que si al principio le fue
útil luego le ha perjudicado en igual o mayor
medida?

—Le diré —fue su respuesta—: el finado Antenor (¿de nuevo la Presencia Maravillosa? No;
esta vez, Antenor Malagarriga); el finado Antenor
solía pronosticar que las intromisiones de esa
señora le darían un día al presidente algún disgusto serio. Pero al fin, usted lo sabe como yo,
que su señor tío se sintió siempre medio de mala
gana en el gobierno; y todavía el día de nuestras
bodas de plata, fecha también de su muerte, anduvo repitiendo con mucho coraje que estaba
harto y lo iba a mandar todo al diablo... Por
mí, no diría yo que no; pero también hay que
darle a cada cual lo suyo. Bocanegra era terco el
señor, como un mulo, y desde luego no se ple-
gaba a su cónyuge tanto como la gente piensa. La
dejaba hacer, y con eso daba lugar, el muy as-
tuto, a que ella cargara con todas las culpas; pero
cuando de veras no quería una cosa, ahí aponto-
caba los pies, y no había quien lo moviera.

Hubo una pausa. Yo pensé lo que es obvio:
que la mera resistencia resulta buena, a lo sumo,
para impedir las barbaridades más gordas; pero
que en una obra de gobierno lo importante es
siempre la iniciativa; y al parecer, Bocanegra estaba últimamente muy abúlico; tal vez porque su
voluntad se estimulaba para destruir, pero se dis-
tendía frente a las tareas positivas. Omitiendo
esta apreciación, declaré mi pensamiento a Loreto: que si alguna vez el presidente mezquinaba
su refrendo, era doña Concha quien de todas maneras llevaba la voz cantante. Por supuesto, yo
no me proponía discutir tales cuestiones con mi
interlocutora, sino sacarle datos; y añadí:

—Deme, si no, un solo ejemplo de decisión

importante adoptada contra la voluntad de ella.

—Fue acertar un pleno.

—¿Contra la voluntad de ella? Pues, sin ir más lejos, el nombramiento de Rosales para ministro de Instrucción —me respondió.

Y yo abrí unos ojos como platos. Me mostré sorprendido; mi sorpresa halagaba a Loreto.

—No es posible —dudé—. Si ella era quien... ¿No había sido idea de ella el incorporar al gobierno gente respetable; gente, en fin, como mi tío Antenor...?

—Verá: el caso de Antenor era muy distinto. Para empezar, ni Antenor, ni ninguno de ustedes, habían hecho nunca la oposición despiadada que les hicieron los Rosales desde su feudo de San Cosme; mi marido, que gloria haya, era una paloma sin hiel, y yo procuré siempre tenerlo alejado de las malas influencias. Comprenderá, además, que mi amistad con la esposa del presidente tenía que servir para algo. En cambio, pensaba Concha, ¿por qué meter al enemigo en casa, haciendo ministro a un Rosales? Ella los hubiera exterminado a todos de buena gana. En esto, reconozco que era implacable. Y ¡cómo tuvo que luchar con Bocanegra para ver si impedía lo que, a final de cuentas, no impidió! Recuerdo que hasta llegó a insultarlo, después de haber apurado todos los argumentos, incluso el de que ese nombramiento equivalía a reconocerse públicamente responsables por la muerte del senador queriendo ofrecerle a la familia una especie de reparación vergonzosa. Cuando, por fin, estuvo firmado el nombramiento y ella vio que no se había salido con la suya, pasó más de dos semanas sin dirigirle la palabra a su marido. Yo creo que desde ese momento fue que empezó a sentirse desligada de él, y que ahí tuvo comienzo...

—Pero, ¿por qué tanta saña? ¿Por qué ese odio africano contra el infeliz de Luisito? Después de todo ¿no estaba muerto ya el miembro agresivo de la familia Rosales?

Sonrió ella, y sólo entonces pude darme cuenta del sentido malicioso que podía atribuirse a mi frase; recordé el episodio de la mutilación, y me dio fastidio haber empleado tan así la palabra miembro. En realidad, resultó ser la mía una torpeza afortunada, porque Loreto, sospechando sin duda que yo sabía acerca del caso mucho más de lo que aparentaba saber, se resolvió, después de haber dudado un momento, a hablarme con alguna franqueza. Había que comprender —me dijo— que una mujer no perdona jamás cierto tipo de ofensas. Y a Concha, aquel animal de Lucas Rosales la había tratado, sencillamente, como a una vulgar prostituta... Trabajo me costó retener la ironía que, al oírla, tuve en la punta de la lengua: Vulgar no lo era —quise haberle comentado—; pero me convenía dejarla hablar, explayarse; que me creyera enterado, y no meter la pata antes de tiempo.

Mi prudencia rindió opimos frutos. Lejos estaba yo de sospechar que toda aquella sucia faena del Chino López había sido, no más, la venganza de una hembra rabiosa; lejos estaba de sospechar que, también por supuesto en la *prehistoria*, la que había de ser con el tiempo primera dama de la República tuvo que ver con el señorón soberbio a quien, bien mirado, no podía reprochar después de todo otra cosa sino haberla puesto en su sitio. Aquella trepadora ensayó, sin duda, varias escaleras antes de ligar su suerte a la del poltronazo de Bocanegra. Tampoco sabía yo que había sido en San Cosme donde conoció a éste; y fue durante una temporada que él pasó allí, mucho antes de pensar para nada en política, entregado a la quimera de uno de aquellos negocios absurdos de los que esperaba rápidas y colosales ganancias, y que, indefectiblemente, se

le deshacían pronto entre las manos sin dejarle
otro recurso que el aguardiente de caña. Ella, por
entonces, había acudido a San Cosme, y estaba
hospedada en el único hotel del pueblo, encima
del almacén del gallego Luna, con intenciones de
perseguir a don Lucas Rosales y, si necesario
fuera, hacerle un escándalo delante de la familia.
La nueva amistad entablada ahora con Bocanegra
la disuadió y desvió de sus propósitos. Y tan
pronto como el negocio de las acerolas— que
era la especulación de turno— se evidenció ilu-
sorio, desaparecieron de allí ambos en busca de
mejor fortuna.

¡Tiempos aquellos! Todavía tenía que inven-
tar él nuevos negocios fantásticos, y conversarlos,
y planearlos, y entramparse hasta los ojos, y fra-
casar varias veces antes de que, compadecido del
pobre pueblo sufridor, y de sí mismo, descubrie-
ra su vocación política.

—¡Qué verdad es —observó Loreto— que sin
esa mujer, Concha, jamás hubiera hecho Bocanegra lo que hizo, ni hubiera llegado a donde llegó!
Talento no le faltaba, ya se pudo ver; pero fue
ella, y nada más que ella, quien le dio la idea;
no sólo la idea (la idea no es nada): quien le
dio el impulso, la constancia, los ánimos, la voluntad indomable que una cruzada así requiere, sobre todo al comienzo, cuando no se es nadie y
cualquier pretensión parece demasiado osada...

Loreto se levantó de su asiento y fue a buscar
en una gaveta; en seguida me alargó una foto-
grafía amarillenta. Ahí estaba Bocanegra con sus
polainas ya, y un sombrero de ala ancha sobre
los ojos, en medio de su estado mayor de «pelados». Y, entre ellos, única mujer en el grupo,
doña Concha, bien joven, casi una niña por su
aspecto, sonriéndole a la cámara fotográfica. ¿Para
qué me enseñaban a mí eso? Sentí una cosa rara,
especie de náusea, o vértigo, no sé.

—Es todo un documento, una pieza de museo histórico —dije, y se la devolví.

Pero lo que a mí me interesaba saber eran los detalles de la muerte del senador Rosales, y ésos, o no los conocía Loreto, o no me los quiso comunicar. Me aseguró, sí, que el asesinato en las gradas del Capitolio no había sido cosa de doña Concha; por lo menos, que no era ella quien lo había dispuesto; pero de ahí no pasaban sus noticias... Lo que me llamaba la atención es que esa mujer no hubiera dado por saldada su deuda ni aun después de que liquidaron al ofensor. A la señora presidenta se le hacía insufrible el hecho de que don Luisito, el otro hermano, hubiera entrado luego a formar parte del gobierno, hasta el punto de no perdonárselo nunca a su marido. Se ve que el antiguo e inconfesable agravio recibido de Rosales estaba ahora recubierto por motivos de odio político, y éste ofrecía fáciles razones de apariencia impersonal, o suprapersonal, para cohonestar la inquina; de modo que el acto de Bocanegra al decretar ese nombramiento combatido por ella con tanta vehemencia le pareció no sólo un bofetón, sino algo así como una deslealtad hacia la causa por la que habían luchado juntos, y hasta una traición al pueblo.

—Entonces, en último análisis, y si las cosas se conducen hasta sus causas primeras, lo que a Bocanegra le ha costado la vida habría sido aquella decisión suya de meter en el gabinete a uno de los Rosales —resumí yo en tono de conjetura. Loreto parpadeó, sin entender bien al comienzo—. Digo —le aclaré—; puesto que eso determinó el primer desacuerdo serio, constituyendo una fuente de resentimiento para...

—Sí, sí, así es —se apresuró ella—. Todo lo que ha pasado puede considerarse como una revancha de los Rosales. En cierto modo. Una revancha póstuma. ¿Quiere que le diga una cosa? En el fondo de su alma Concha seguía teniéndoles miedo. No sólo odio: miedo también. Aunque parezca extraño, una vez que hubo logrado acabar con su poderío, y cuando los vio destruidos, su odio se transformó en miedo. Estoy convencida de que su actitud (bastante irracional, como le reprochaba Bocanegra), su oposición cerrada al nombramiento de don Luisito para ministro de Instrucción, estaba dictada, más que nada, por el miedo. Lo que se dice un miedo irracional. Irracional, pero muy justificado, como después hemos visto...

Yo guardé silencio, y esperé. Me había dado cuenta de que en su cabeza de chorlito se agitaban pensamientos extraños, y no quería yo disiparlos o desviarlos llevándola al hecho de que, por resentimiento contra su marido, o por ambición, o por lo que fuere, había sido la misma doña Concha quien desató la catástrofe. En vez de eso, me limité a una reflexión anodina:

—La verdad es —dije— que nunca se sabe.

—O, cuando viene a saberse, ya no hay remedio —replicó ella. ¿En qué estaría cavilando? Continuó—: Con todo su miedo, era bien imprudente, sin embargo, la pobre, y no podía estarse quieta. ¡Caro le ha costado! A otros, el miedo los paraliza; a ella, no; ella no podía estarse quieta.

Miró al techo, y yo seguí su mirada: un techo pintado de color crema, con absurdos florones en el centro y las esquinas; se balanceó en su butaca de mimbres, y yo le observé los pies, un poco hinchados dentro de los zapatos donde los había embutido para recibir mi visita. Prosiguió en tono soñador:

—Si uno tiene cosas sobre la conciencia, más vale dejar en paz a los difuntos. Y ¿quién, cuando ya no se es tan joven, no tiene algo sobre la conciencia? En fin, el propio Tadeo Requena se resistía como gato panza arriba; y en cuanto a

mí, para qué le cuento: nunca me gustó ese jueguito de invocar a los espíritus. Uno mete el dedo
en el enchufe y, ¡claro!, termina por darle la
corriente. Pero cuando a ella se le había puesto
algo en la cabeza no había manera de resistírsele. ¡Menuda descarga tuvo que sufrir al hacerse
presente de improviso, en medio de una sesión
más bien sosona, como un rayo, el espíritu del
senador Rosales! Irrumpió a su manera brusca;
y no necesito decirle a usted el susto. La medium
se pone rígida como un palo, pega con la cabeza
en la pared tremendo calamorrazo, y empieza a
hablar de una manera tan altiva que hubiera sido
bastante ya para conocer en ella al senador. Venía con el designio de dirigir a Tadeo el mensaje,
la orden mejor dicho, porque en realidad era una
orden... Concha se descompuso; nunca la he visto tan lívida, tan aterrorizada como en aquel instante.

Se comprenderá que, oyendo lo que Loreto me
había empezado a contar, yo no respiraba siquiera. Sorbía sus palabras, y temblaba de pensar
que, llegada a ese punto, pudiera todavía defraudarme, arrepentirse de la confidencia que me estaba haciendo, quizá sin medir demasiado su alcance. Para impedirlo, arriesgué una pequeña
jugada.

—Pero ¿cómo? —me extrañé—. Pues ¿acaso
todo ello no era una farsa preparada por doña
Concha para inducir a su amante? Fingiría terror,
no digo que no...

—Pinedo, créame —replicó ella—: como que
me llamo Loreto, eso estaba muy lejos de ser
fingido. Nuestra amistad no databa de ayer; y
yo la había visto antes en situaciones difíciles, se
lo aseguro. A otro hubiera podido engañar; pero,
no; no era una comedia el ataque de nervios
que tuvo, luego, a solas conmigo, en mi habitación. Ni la insultada feroz que al día siguiente le

pegó a la medium, llamándola marrana, como si la infeliz tuviera la culpa del lenguaje usado por Rosales, y amenazándole con policía y cárcel. Naturalmente, nada hizo, porque bien sabía que los difuntos se ríen de celdas y calabozos. Eliminó, sí, a aquella medium, que era excelente; pero de poco le valió: el martes próximo volvía a presentarse el senador para repetir y remachar por labios de otro el encargo dado a Tadeo de librar del tirano al país, si no quería sucumbir él también a sus manos. Desde ese día hasta el de su muerte horrible, la pobre Concha no hizo ya sino puros desatinos, como quien obra bajo el imperio del terror.

—¿Y Tadeo? —pregunté yo entonces—. ¿Cuál fue su reacción? ¿Creería el mensaje?

—El hecho de haber terminado asesinando a Bocanegra demuestra que lo creyó, y que lo obedeció, aunque en un principio se resistiera. El muchacho era bastante testarudo, pero cayó en la trampa. Tengo la impresión de que necesitó para rendirse a la evidencia que el otro Rosales, don Luisito, cuyo tránsito estaba muy reciente, pues no hacía mucho más de un mes que se había suicidado, viniera, como en efecto vino, a reforzar con sus frases persuasivas las terribles conminaciones del senador.

# Diecinueve

Pero al llegar aquí me doy cuenta de que aún no había mencionado siquiera el final que tuvo don Luisito Rosales, al hacer voluntaria e irrevocable dimisión de su cargo quitándose la vida, como, con broma de elegancia más que dudosa, se permitió escribir en uno de sus cumplidos informes el ministro de España.

La verdad es que estos apuntes míos están resultando demasiado desordenados, y hasta se me ocurre que caóticos, tal vez a causa del desarreglo general en que todo se encuentra hoy, del nerviosismo que padecemos y de la incertidumbre con que se trabaja. Cuando, con más sosiego y en condiciones más normales, pueda yo redactar el texto definitivo de mi libro, habré de vigilarme y tener mucho cuidado de presentar los acontecimientos, no revueltos, como ahora, sino en su debido orden cronológico, de modo que aparezcan bien inteligibles y ostenten el decoro formal exigido en un relato histórico. Después de todo, no importa: estos papeles no son sino un ejercicio, como el de los músicos cuando templan su instrumento, o a lo sumo recolección de materiales, borrador y anotación de detalles para no olvidarme luego de lo que se me ocurre y debo

retener. Por lo demás, sólo yo tengo que mane-
jarlos.

Adelante, pues. Según la costumbre que ya he
adoptado, registraré las circunstancias del suicidio de don Luisito a base de aquellos documentos
que poseo, prescindiendo por ahora de los periódicos, cuya colección queda ahí siempre como
fuente de valor secundario al servicio del historiador.

Por lo que se refiere a la muerte del ministro
de Instrucción Pública, fueron parvos en la información y raramente discretos en sus comentarios, habida cuenta de la morisqueta con que el
pobre hombre había *pris congée* de esta vida in-
decente. Más explícita es, acerca de los detalles,
la prosa oficial del diplomático hispano, cuyo escrito presenta además la ventaja de trazar, como
telón de fondo, un cuadro objetivo de la situación
general. Aunque yo no concuerdo con todos sus
puntos, lo recojo aquí para pública noticia, y otros
documentos de que por suerte dispongo termina-
rán de ilustrar este pequeño pasaje de nuestra
historia contemporánea.

El ministro de España se dirige a sus superiores en los siguientes términos: «Según tuve la honra de poner en conocimiento de V. E. con mi
telegrama de ayer, el ministro de Instrucción Pública, doctor Luis Rosales, hizo en ese día volun-
tario e irrevocable abandono de su alto cargo al
quitarse la vida en horas de la madrugada. Esta
noche, pasada la ceremonia del sepelio, a la que
debí asistir después de haber presentado al Gobierno mis condolencias oficiales, me creo en el
deber de ampliarle a V. E. la noticia con algunos
detalles complementarios.

»Ante todo, sobre la personalidad del difunto.
Como V. E. sabe por anteriores informes, y en
particular por el que tuve el honor de dirigirle
cuando el doctor Rosales fue designado miembro

del gabinete en la cartera de Instrucción Pública, dicho señor pertenecía a una de las antiguas familias del país, desposeídas hoy y casi arrinconadas por el movimiento político de que es exponente el actual Jefe de Estado. El doctor Rosales era hermano de aquel hacendado y político, el famoso don Lucas Rosales, que, como tal vez recuerde V. E., levantó una activa oposición contra el régimen de Bocanegra, y que por eso fue abatido a tiros en las gradas del Capitolio. Sólo las peculiaridades de este pueblo, cuya psicología, sociología y costumbres públicas presentan aspectos muy notables, y de todo punto incomprensibles para quien no se encuentre interiorizado de su vida cotidiana, pueden explicar el hecho de que, a pesar de todo, un hermano suyo asumiera luego un puesto de cierto relieve y responsabilidad dentro de dicho régimen. Si se recuerda, no obstante, que el propio presidente Bocanegra pertenece también en cierto modo (en el modo de lo que se llama una oveja negra, arruinado y bohemio) al grupo de familias distinguidas que un día fueron omnipotentes en el país, comenzará a entenderse el caso del doctor don Luis Rosales, por mucho que resulte siempre incongruente y escandalosa la colaboración de una persona dotada de ciertas cualidades dentro de un gobierno que —con todas las reservas del caso— no se distingue por su apego a las normas de la más elemental decencia. El doctor Rosales era sin duda un hombre educado, culto y de buenas maneras, aunque también —hay que decirlo— un tanto extravagante. Ciertos rasgos de su carácter y de sus costumbres le habían privado de la reputación que aquí se discierne tan sólo a la rudeza; debe reconocerse, incluso, que muchas veces incurría de lleno en lo pintoresco. Su actitud hacia la Madre Patria era, por lo demás, excepcionalmente favorable; todo lo español, con el mero hecho

de serlo, merecía ya su acatamiento, cuando no
su entusiasmo; aunque por otro lado adolecía
de una incomprensible debilidad francófila, apenas disculpable como vestigio de sus estudios
juveniles en París. Pese a este último rasgo, su
desaparición debe considerarse desde nuestro
punto de vista como una verdadera pérdida.

»Durante mi visita de pésame al canciller in-
quirí discretamente sobre los motivos que pudieran haber empujado a su colega de gabinete hacia
la fatal resolución de abreviar sus días. Me dijo
que el suicida no había dejado carta ni testa-
mento ni explicación de ninguna clase; pero que
desde hacía algún tiempo venían abrigándose serios temores acerca de su estado mental. Y a
continuación me contó, riéndose mucho, varias
anécdotas que yo ya conocía.

»En el séquito del entierro (que se ha efectua-
do tras corto velorio en la Secretaría de Instrucción Pública, ya que, habiendo tenido lugar la
muerte en la casa solariega del finado, lejos de
la capital, hubo que traer el cadáver desde consi-
derable distancia, con todos los inconvenientes de
este clima); durante el entierro, pues, tuve ocasión de cambiar impresiones con el embajador
argentino, doctor Menotti, cuyas conjeturas sobre
las causas del suicidio no dejan de revestir algún
interés político. El doctor Rosales habría calculado mal, según Menotti, o quizás lo defraudaron,
en las negociaciones con Bocanegra. Cuando aceptó entrar al servicio de su régimen, renunciando
a reivindicar la memoria y los intereses de su
hermano el senador, esperaba, y tal vez se le prometió expresa o tácitamente, que los bienes de
éste, hallándose expatriados como lo estaban su
viuda e hijos, pasarían a poder suyo mediante
algún truco judicial o administrativo, pues la conducta del senador Rosales se encontraba some-
tida, *post mortem*, a procedimientos de inves-

tigación en los cuales quedaba embargada su fortuna para responder de posibles cargos. De hecho, no sólo habían sido, al final, definitivamente confiscadas esas propiedades (salvo la casa solariega, cuyo usufructo se permitió al doctor Rosales) sino que ahora ya, Bocanegra no necesitaba más de éste; de modo que nuestro hombre se veía privado de sus bazas, mientras que, por varias señales, entendía que se preparaban a despedirlo como a un criado, o incluso a procesarlo bajo cualquier acusación; así es que, ante tal expectativa, había optado el infeliz por colgarse. Incidentalmente, me hizo notar el colega argentino que el sepelio del ministro de Instrucción Pública era bastante menos lucido de lo que fuera en su ocasión el del hermano, caído en plena lucha. La observación era exacta. Faltaba aquí la emocionada concurrencia de entonces, mientras que por el otro lado, por el lado oficial, tampoco el presidente se había dignado honrar con su presencia el acto de la inhumación, delegando en cambio la tarea de pronunciar una oración fúnebre en su canciller, que la desempeñó con generoso empleo de los habituales lugares comunes.

»Debo añadir todavía que, antes de despedirse el duelo, cundió entre el séquito un rumor según el cual, dos días atrás, el médico especialista le había diagnosticado al pobre doctor Rosales un cáncer en el hígado, especie que, de ser cierta, bastaría a explicar psicológica, aunque no moralmente, el suicidio del ministro de Instrucción.

»Respecto a las consecuencias previsibles, me parece que en el orden público no son de esperar novedades importantes ocasionadas por la desaparición del doctor Rosales, si se exceptúa la necesaria provisión del cargo vacante. En cuanto a ella, difícil sería adelantar nada que no fuera pura cábala y especulación gratuita, dado el arbitrio ilimitado con que el presidente Bocanegra procede a las designaciones. Podemos esperar que asuma la cartera algún periodista avispado, expeditivo e inescrupuloso, o algún oscuro maestro de escuela; pero no está excluido tampoco que la ocupe un secretario municipal, un abogado, un líder de sindicato.»

El informe del diplomático español es, como puede verse, bastante completo, y en conjunto, atinado. No menos impasible que este relato burocrático pretende —pretende, digo— ser el que en sus memorias ha dejado Tadeo Requena acerca de la intervención que a él personalmente le cupo en la emergencia. Extrema ahí Tadeo su tono despegado, cínico; tanto, que da la neta impresión contraria, de un alarde, y no por cierto sólo retórico. En fin, júzguese por sus propias palabras, que yo quiero limitarme a copiar.

Empieza con una malhumorada serie de exclamaciones de disgusto: «¡Cómo no! —protesta—. ¡A mí había de tocarme el honroso encargo de bregar con el asunto! ¡Menudo encarguito! Muy honroso, ocuparme yo del asunto como representante personal de su excelencia. Para empezar, y por si fuera poco desagradable la encomienda, todavía tamaño viaje, leguas y leguas, con el traqueteo de la carretera... ¡También, la absurda idea del viejo, irse a San Cosme para eso! ¡Como si no hubiera habido aquí, en la capital, ganchos de donde poder colgarse, si tantas ganas tenía! Pero, no: era necesario hacerlo en una viga de su casa... Y luego ¡ahorcarse! ¿No hubiera podido decirnos *Good way* por otro medio cualquiera: el pistoletazo romántico, el veneno de los Borgias, abrirse las venas como su maestro Sócrates (así dice; yo me limito a transcribir), o tirarse al agua, o por una ventana, o declarar la huelga del hambre, o sencillamente esperar con un poquito de paciencia a que le llegara su hora, que ya ¡total! qué tanto podía faltarle? No: tuvo

que elegirse esa muerte de perro. La cuestión es,
por supuesto jorobar al prójimo. Y yo, que no
había vuelto nunca al pueblo, y que me lison-
jeaba con la perspectiva de darme alguna vez el
gustazo, como cada quisque, y prepararme una
buena recepción en mi ciudad natal, ¡hala!, vaya
usted ahora mismo, así de improviso, y apresú-
rese a adoptar, en nombre de su jefe, cuantas
disposiciones procedan para el traslado del cadáver... Puede comprenderse de qué humor iría.
Me bajé del automóvil a la puerta, pisando fuerte,
y entré en la casa grande como un torbellino.

»Para qué decirlo: mi aparición tan inesperada en la sala donde habían tendido al muerto
—tapado, por suerte, con una sábana— fue una
bomba. Paralizó a todos los zaraguteros que, empezando por el capellán de las monjas, se habían
adueñado allí de la situación. Todos me miraron
con la boca abierta. El silencio y la expectativa
duraron poco, sin embargo, pues el bobo de Angelo, hecho un gamberro, pero siempre hilando
baba, se me acercó riéndose a tirarme de la manga con gruñiditos de alegría. Yo, claro, lo recha-
cé. Acababa de descubrir en un rincón a María
Elena, despeinada y ojerosa, desmadejada sobre
una butaca, y —después de pensarlo un instante— me acerqué despacio a ella, me incliné res-
petuosamente, le tendí la mano y con suavidad,
pero con enérgica decisión, la saqué de aquel
ambiente.

»Nadie se atrevió a seguirnos, ni yo tenía la
menor noción de lo que iría a hacer al minuto
siguiente. Ya se vería. No le había dirigido una
sola palabra; en verdad, no hubiera sabido qué
decirle; y ahora, en la pequeña salita de al lado,
oscurecida por las persianas en la resolana del
mediodía, solos, parados en un rincón del cuarto,
me quedé mirándola. Daba pena su aspecto; pero
a mí no se me ocurría nada. Cuando de pronto

ella ¡zas! va y se me cuelga del cuello, y rompe a llorar convulsivamente.

»Esto ya me fastidió. ¿Qué hace uno en un caso semejante? Comencé a pasarle la mano por la cabeza (¿qué iba a hacer?); y ella, entonces, clavándome los dedos en el brazo, escondió la cara contra mi pecho. Estaba agotada, no había dormido, le olía el aliento, y tenía hinchados sus ojos preciosos. La llevé hasta el diván, y seguí acariciándola. No se resistía a nada; a pesar del calor, le castañeteaban los dientes. En realidad, estaba medio desnuda, con sólo una bata sobre la carne. Me miraba con estupor, pero no se resistió a nada... Bueno, así son las mujeres. Después de todo, eso calma los nervios.

»No sé si hice bien o mal, ni me importa. Le tapé los ojos con la mano para que no me mirara más de ese modo, la extendí bien sobre el diván a ver si se dormía, le compuse la bata, y después de arreglarme también yo, volví a la sala mortuoria, donde me aguardaban ahora las engorrosas tareas que pueden imaginarse.

»Hice salir también a Angelo, que me sacaba de tino con sus majaderías, y comencé a dictar las cien mil providencias y disposiciones pertinentes, en las cuales me sirvió de gran ayuda el capellán y párroco de las monjas, que es un pobre gato, pero que, al fin y al cabo, estaba en su propia salsa. En realidad, no necesité sino seguir sus sugestiones (ellos, los curas, son profesionales de la muerte), y —una orden por acá, una llamada telefónica por allá— al poco rato ya estaba todo organizado para que trasladaran el cadáver a la capital en una ambulancia de Sanidad Pública, y yo pude regresar, por mi lado, e informar al presidente de que sus deseos habían quedado cumplidos. Ahora, el asunto pasaba ya a manos del subsecretario de Instrucción; bajo su jurisdicción tendría lugar aquella noche el velorio de su superior jerárquico en uno de los salones de la Secretaría, y el entierro con solemnes funerales al día siguiente, es decir, hoy.

»Del cementerio vengo ahora. Bocanegra no ha querido (él sabrá por qué) despedir al doctor Rosales hasta la que el canciller ha denominado en su conceptuoso discurso, ¡imbécil!, la última morada. Y, sin duda alguna, esa ausencia del Jefe del Estado ha debido restar brillantez a la ceremonia. En efecto: más de uno, al darse cuenta, escurrió el bulto en lugar de seguir al cortejo, y se ahorró la molestia; así lo hicieron, por ejemplo, sin gran disimulo, Carmelo Zapata y Tuto Ramírez, quienes, charlando, se quedaron rezagados, y ya no se los vio más.»

## Veinte

¿Qué comentario merecería todo esto? Yo no voy a hacer ninguno. *Esto, Inés, ello se alaba — no es menester alaballo,* como dijo el otro. Lo que sí haré es insertar aquí, a guisa de complemento, algunos de los papeles procedentes del convento de Santa Rosa, en el poblado de San Cosme, que conservo en depósito hasta que me los reclame quien me los confió. Son cartas, y borradores de carta, una correspondencia completa que la abadesa guardaba muy ordenadita, en legajos con cintas, para luego dejársela olvidada allí, en los apurones de la huida. Algunos de esos papeles merecen ser conocidos; y si ello no fuera posible —digo, su publicación, llegado el momento—, al menos las perspectivas que ofrecen habrán servido para iluminar al historiador en su apreciación de los hechos.

Ahora, por lo pronto, reproduciré dos cartas cruzadas entre la abadesa y su pariente, la viuda del senador Rosales, a quien aquélla informa del fin trágico de su cuñado Luisito. Lo que dice en su respuesta la viuda del senador aclara desde la distancia —ella vive ahora con sus hijos en Estados Unidos—, y después de tanto tiempo, algunos puntos de interés retrospectivo.

Pero veamos ante todo el borrador pergeñado por la abadesa. Reza así: «Apreciada prima: Tremendas son las noticias que tengo que comunicarte hoy, como que llevan, me parece ver (este inciso: *me parece ver*, está interlineado a última hora en el texto del borrador); llevan, me parece ver, el inconfundible sello de la justicia divina. ¿Podrás creerlo? Tu cuñado Luis se ha impuesto a sí mismo anoche el mismo género de muerte que el proto-traidor Judas, para que a nadie quepa ya duda acerca de los motivos de su pasada conducta que, con retorcidos sofismas y casuismos, querían todavía disculpar algunos. Él mismo se ha sentenciado y se ha aplicado ese castigo implacable y durísimo, que deja tan escasas oportunidades a la Divina Misericordia. Y ¡fíjate cómo era él! Ni siquiera en esa hora última de la desesperación y del más abominable pecado ha tenido para con sus propios hijos la mínima caridad de ahorrarles tan espantoso espectáculo...

»Hasta dentro del convento llegaban esta mañana los gritos, los lamentos, el desorden, pues el señor ministro de Instrucción Pública dejó sus palacios y mansiones oficiales de la capital para venir aquí, al pueblo, y quitarse la vida en la vieja casa de la familia, mancillar definitivamente el hogar donde había nacido y se crió con sus padres y con su hermano mayor, tu marido, que gloria haya, y donde estaban ahora, y están sus hijos, que habían llegado hace dos o tres semanas para pasar en San Cosme el verano.

»Te imaginarás, prima querida, cómo se me alborotó la comunidad entera, hasta saberse lo que pasaba, y cuánto trabajo me costó tranquilizar a estas inocentes (la palabra *inocentes* se encuentra escrita encima de la palabra *necias,* tachada), imponiendo al fin mi autoridad para que cada cual se mantuviera en su puesto, ansiosas como estaban con la malsana curiosidad de

conocer todos los detalles. Aun cuando lo más
probable es que sea trabajo inútil, les he ordenado
que recen pidiendo a Dios piedad para el desgraciado; e inmediatamente he enviado a don Antonio, nuestro capellán, a entablar contacto con la
casa y ocuparse de todo. Mientras regresa (el
pobre, tú lo conoces, es un alma de Dios, pero
no ha descubierto la pólvora; y cada vez está
más lerdo, con los años), aprovecho yo para escribirte estas apresuradas líneas, pues quiero que la
novedad llegue a tu conocimiento por mi conduc-
to, antes que por ningún otro. Estoy segura de
que al saberla acudirán a tu mente, como a la
mía acuden, pensamientos diversos, reflexiones
edificantes sobre los designios ocultos y terribles
del Señor, quien sólo por un tiempo, y tal vez
para castigar así faltas menores de quienes gracias a El no somos tan malvados, permite que
triunfe la iniquidad en el mundo; pero que, tarde
o temprano, cuando su Providencia lo entiende
oportuno, hace estallar aterradoramente su divina
cólera.

»Yo pienso velar por estos huérfanos desdichados, particularmente por María Elena, la hija, tu
sobrina, que se ha educado entre nosotras, pues
en cuanto al muchacho, tú sabes, no se presta a
gran cosa, y es un dolor de cabeza. De todas
maneras, será prudente aguardar un poco, a ver
el curso que toman los acontecimientos; no se te
ocultará que, en los tiempos que corren, ninguna
cautela es excesiva cuando se tiene la responsabilidad de intereses superiores a los cuales pudiera
comprometer de una manera u otra cualquier movimiento de irreflexiva buena voluntad. Ya encontraré el modo de hacer este bien sin detrimento, antes con ventaja, de esos intereses superiores.»

La carta termina así: «Bueno, acaba de regresar por fin don Antonio, para informarme y volverse en seguida a donde tanta falta hace. Hija

mía, es un horror... Expido ésta, ahora, y más adelante volveré a escribirte para que estés al día de cuanto acontezca.»

La respuesta es mucho más larga, y contiene algunas precisiones de interés sobre hechos pretéritos. Son varias hojas, y todavía se encuentran dentro del sobre dirigido, desde Nueva York a la reverenda madre Práxedes del Sagrado Corazón de María, superiora del convento de Santa Rosa. «Querida prima Práxedes —comienza—. Ante la noticia de la muerte de ese pobre Luisito, lo único que se me ocurre decir es: ¡Que Dios lo haya perdonado! Y lo digo de corazón; pero lo digo, no por bondad o por deber cristiano, como fuera justo, sino por cansancio, y con un fondo de indiferencia que a mí misma me espanta. Cuando tus diligentes letras me impusieron de lo ocurrido, sentí ¿sabes qué?, no pena, ni sorpresa, ni tampoco ese reconocimiento tuyo de la mano de Dios para el que quizás no soy lo bastante religiosa; sentí una especie de cansancio mortal. Y lloré, aunque te parezca ridículo, por el mundo, y por mí misma... Tu carta llegó a poder mío el pasado miércoles en uno de esos días grises, oscuros, cargados y tan deprimentes como ustedes ahí, en el trópico, apenas podrían imaginarse. Ahí, en nuestra tierra, llueve, sí, a torrentes, y la lluvia puede durar también, a veces, horas y horas. De cualquier manera, es la lluvia, que ha venido; es algo que sobreviene; está ahí, y se irá luego, de pronto, dejando el cielo muy limpio, y relucientes las hojas de los árboles; y entonces la gente (cómo me acuerdo, y cómo suspiro), la gente que había estado mirando como animalitos desde sus agujeros, vuelve a salir tan contenta. No pueden hacerse una idea, claro está, de lo que es el mal tiempo en Nueva York. Quizá sea cierto que yo exagero, o que no me termino de adaptar; y mis hijos se ríen de mí, no me entienden, tal vez ni

me escuchan cuando digo que este mundo de piedra, hierro y cemento es irreal y, con todas sus
tremendas pretensiones, se deshace en agua y ne-
blina... Pues en un día de esos, insoportables,
recibí tu carta: me pasé llorando la tarde entera.
De pronto, el pasado me acudió al paladar, todo
ese pasado que tantos esfuerzos había hecho para
echar al olvido y eliminar definitivamente. ¡Aquí
estaba de nuevo, enterito! Nada se olvida, qué
va. Y menos, aquello que uno quisiera tapar a
todo trance. Uno piensa que ha conseguido for-
jarse, en este ambiente tan distinto, otra existencia, desechando la anterior; o, por lo menos
—puesto que yo ya no cuento, y lo único que
importa son los muchachos—, agarrarme al futuro de ellos, que está aquí, y nutrirme como un
parásito de sus esperanzas y perspectivas. Para
ello vivo; y como a ellos el pasado nada les dice,
yo también lo he querido borrar de mi horizonte.
Pero ¡qué esperanza! Llega tu carta, y —de golpe— todo resurge, todo reflota otra vez...
»Cuando a la noche regresaron a casa, comen-
tando en inglés entre sí, con su alboroto y su
risa, algo que había ocurrido, no se fijaron siquiera en mis ojos, todavía enrojecidos a pesar del
agua fría con que me los había lavado. Yo sentía
necesidad de hablarles un poco y me había pro-
puesto hacerlo; pero apenas los vi entrar, rebo-
santes de otras cosas, y sentarse a devorar la
cena que les tenía preparada, mientras, con la
boca llena, discutían no sé qué de la televisión,
comprendí que no tenía objeto sacarlos por un
instante de su mundo, que era el de la calle, el de
los compañeros, y no ya el mío. ¿Qué hubiera
podido decirles? ¿Que había muerto su tío? ¿Que
un viejo, allá, se había suicidado? Y ¿qué? Me
hubieran mirado con embarazo, con estupefacción,
cualquiera sabe qué se les hubiera ocurrido, ni
qué hubieran contestado, para ponerse a pensar

en seguida en otra cosa mientras yo seguía dándoles la lata. Opté por no hablarles; hubiera sido
absurdo. Lo sano era, después de todo, que ellos
estuvieran en sus cosas...

»Más tarde, cuando se acostaron y se quedaron
dormidos, entré a mirarlos, y se me hizo un nudo
en la garganta con el recuerdo de la noche aquella en que mi pobre Lucas entró también en su
alcoba y estuvo contemplándolos por un buen
rato, tan pequeñitos como por entonces eran aún;
y yo, que lo había seguido, pude descifrar en
su cara los turbios y amargos pensamientos de
aquella despedida, sin tener manera de oponerme
ni hallar remedio a lo que se venía encima. El
no me había dicho una sola palabra acerca de
sus propósitos, pero ¿hacía falta? ¿Acaso no lo
conocía yo?; ni ¿qué otra cosa le quedaba por
hacer? ¿Con qué argumentos hubiera podido di-
suadirle? Lo miraba, en pie, alto y fuerte, y er-
guido, lleno de su gran hombría; y lo veía sin
embargo como a un enfermo desahuciado, como
a un condenado a muerte. Demasiado bien lo conocía para dudar que hubiera otro recurso. Ni yo
misma podía proponerle que se resignara a semejante modo de existencia, tan incompatible con
su carácter. Estaba en un callejón sin salida, contra el muro; no tenía escape. Tú sabes muy bien,
Práxedes, que a un hombre como él, y en nuestra
tierra, después de lo que le habían hecho, no le
quedaba otra salida. Y cuando por fin se echó
la pistola al bolsillo y me abrazó, y se alejó, sin
querer quitarme los ojos de encima, para trasla-
darse a la capital y asistir a la sesión del Senado,
ya sabía yo, y no me cabían dudas, que iba hacia
la muerte, probablemente a morir matando, a
cobrarse el precio de esa vida que tan alevosa-
mente le habían hurtado. Creo que se disponía
a hacer en el Capitolio cosas de tal coraje que
desmintieran las miradas burlescas de los cana-

llas, declarando que su virilidad radicaba en el
corazón, y no podía extirparse sin arrancarle el
alma. Qué cosas, no lo sé. Quizás él mismo tampoco. Pero, desde luego, algo muy sonado. ¿Acaso
no se había saltado la tapa de los sesos, hacía
algunos años, en plena cámara, un diputado me-
jicano? Y, en La Habana, ¿no se había pegado
un tiro ante el micrófono de la radio el líder de
la oposición? Ese es, claro está, un recurso último; quién sabe qué otras cosas no hubiera podido intentar Lucas, cosas capaces de alterar quizás
el curso de los acontecimientos. Sus enemigos lo
comprendieron perfectamente al enterarse de que
se dirigía hacia el Senado y, armados por el terror, lo tumbaron en la escalinata, de modo que
no pudiera repetir la hazaña de Sansón, aquel
gran suicida cuyo acto, lejos de vituperarse, merece la glorificación de las Sagradas Escrituras.

»Esto, Práxedes querida, nunca antes se lo había confiado a nadie, y a ti te lo confío hoy, como
a una hermana, para desahogar mi pecho. Los
actos humanos, tú lo ves, no pueden juzgarse, ni
son nada, si se los separa de sus motivos y circunstancias. ¿Quién se atrevería a condenar la
decisión de mi marido, que tan por entero corresponde a la nobleza de su carácter, y que, en consecuencia, era casi obligada? Pues, siendo así,
me pregunto cuáles podrán haber sido los motivos, ahora, de su hermano Luis. Este infeliz, en
cambio, se había resuelto a aceptar, de acuerdo
también con su propio carácter, esa existencia
disminuida, decaída e indigna a la que mi Lucas
se negó. Seguramente, sus circunstancias le empu-
jaban en tal sentido. Quizás creyó que podría hallar un compromiso, nadar y guardar la ropa, no
sé. Sus claudicaciones me dan lástima, sobre todo
a la fecha actual, cuando se ha visto que no era
un alma tan vil, puesto que a la postre tampoco
ha podido vivir sin dignidad. Cada cual tiene su

naturaleza y sigue su propia condición. A mí me
cabe el orgullo, en medio de mi desgracia, de saber que mi marido no vaciló un momento; y que
si no vaciló fue tal vez porque se sentía seguro
de mí. Aquella noche, ante nuestros hijitos dormidos, supo él leer en mis ojos, no sólo que
admiraba y —con todo mi dolor— aprobaba de
antemano su conducta, sino también que, una vez
desaparecido, había de sacar adelante a nuestras
criaturas con energía pareja de la suya. Ahí están
nuestros dos salvajes, tan hermosos, abriéndose
paso en un mundo más ancho...

»¿Cuáles han sido, en cambio, las circunstancias de su hermano? Lucas murió en su ley, y en
la suya ha muerto Luisito. A veces, el estudio y
el cultivo de la inteligencia sólo sirve para debi-
litar la voluntad, para más extraviarse y para, a
vueltas de tantas cavilaciones, hacer por fin la
jugada mala. Segura estoy de que el desdichado
cometió sus errores por flojedad, cuando no, incluso, por delicadeza de sentimientos. Sí, no te
extrañe esta opinión. Ya veo tu gesto de protesta; pero no estoy loca, sé lo que me digo. Y conste
que de todos esos errores considero el más grave
este suicidio; el más imperdonable y, al mismo
tiempo, el más digno de compasión. Es como si
Lucas, el hermano mayor, hubiera pretendido sustraerse a su destino, y disimular la realidad, para
tener que colgarse al cabo de los años, humillado
y vencido. En cierto modo, me parece que algo
de esto puede haberle ocurrido a Luisito. Un iluso
es lo que él era, con todo su talento. Un perfecto
iluso y, en el fondo, un alma candorosa, llena de
romanticismo. ¡Dios lo haya perdonado por el mal
que se ha hecho a sí mismo, y que le ha hecho
a sus hijos!

»A propósito de éstos, me dices, prima, que
piensas ocuparte de la niña; y eso será, sin duda
alguna, lo mejor para ella. Quien más me preocu-

pa es el muchacho. Pienso que quizás podría animarme a recogerlo yo. Los míos estarán encantados de recibirlo, aunque más no sea por la
novedad; y, con estrechez, podremos salir adelante todos.»

## Veintiuno

Termina la carta de esta señora pidiéndole a su prima, la abadesa, nuevas noticias.

Antes que nada, quiero darlas yo de cómo esos papeles han llegado a poder mío, que es darlas, al mismo tiempo, de las peripecias locales con que repercutió en el poblado de San Cosme la revolución desencadenada desde el Palacio Nacional por el asesinato del presidente.

A juzgar por la manera tan inesperada —hasta cómica, diría, de puro fácil— como vinieron a entregarme esos documentos, y por las palabras con que se me ponderó, al depositarlos en mis manos, que yo era la persona pintiparada —también hubiera podido decirse: predestinada— para recibirlos en custodia, diríase que el deseo posee una fuerza misteriosa mediante la cual concita mágicamente aquello que la imaginación ha configurado como apetecible. Porque, en verdad, mis diligencias por reunir y completar la documentación necesaria para mi trabajo histórico no tuvieron parte alguna en esta adquisición. Otras, sí, habían sido fruto de mi desvelo, y me costaron astucias, fatigas y riesgos. Así, por ejemplo, después que la legación de España, caracterizada por insistentes rumores y por las alusiones de *El Comercio*

(nueva época) como «guarida de la hidra reaccionaria», sufrió el asalto de las turbas, yo me he
ingeniado para abordar, impresionar y convencer
al sargento-comandante encargado de la custodia
del edificio, y conseguir que me permitiera entrar
al chalet, de modo que pude saquear a mi vez,
aunque no con fines destructivos sino todo lo
contrario, los ya medio dispersos archivos. Estos
otros papeles, en cambio, me han caído del cielo.
Y si digo que me han caído del cielo es porque,
cuando menos hubiera podido soñarlo, vino a hacerme entrega de ellos, precisamente, un ministro
de Dios, un sacerdote, y —en verdad— un bendito: quien resultó serlo don Antonio, el párroco
de Santa Rosa y capellán del convento.

El milagro, sin embargo, tenía explicación muy
sencilla, según suele ocurrir con tantos otros; y
esta explicación se llama casualidad. La casualidad de que, entre las monjas de Santa Rosa,
hubiera una tal Malagarriga, parienta lejana mía
por parte de madre, de la cual apenas si tenía yo
vagos recuerdos, pero que, por lo visto, se acor-
daba muy bien de mí y le dio mi nombre al cura
cuando, habiendo huido la abadesa, aquel santo
varón tuvo que conducir hacia la capital en una
camioneta a las asustadas ovejicas.

La abadesa —me explicó el pastor— había desaparecido en medio de los disturbios, como tragada por la tierra, «dejándonos a todos —éstas
fueron sus palabras— sumidos en la mayor consternación», pues nadie sabía cuál hubiera sido
su suerte, y hasta llegaba a conjeturarse si los
asaltantes no la habrían raptado y se la habrían
llevado como rehén; de manera que para él fue
un alivio inmenso cuando por fin —a la mañana
siguiente, no antes— oyó sonar en la sacristía el
timbre del teléfono, reconoció su voz imperiosa,
y la sintió gritarle que lo llamaba desde la capital, desde la embajada de España donde estaba

refugiada; que se había apresurado a ir allí para
solicitar con la necesaria urgencia «y, naturalmente, obtener» el asilo de la comunidad entera,
y que estaba ocupada preparando su instalación
—serio problema, pues no son dos ni tres— hasta
tanto que se pudiera evacuarlas. La reverenda
madre le impartió en seguida instrucciones para
que, sin pérdida de momento y bajo su más es-
tricta vigilancia, fueran transportadas las monjas hasta la embajada.

—Pero imagínese —me decía el cura— que no
son dos ni tres, y hubo que improvisarlo todo.
En fin, el señor Luna, un español que tiene el
negocio de ramos generales en San Cosme, se
allanó a prestarme su camioneta vieja; tuve que
encontrar todavía quién la manejara; y así, como
reses, vinieron las pobrecitas, mientras yo, sentado junto al chófer, temblaba de que algo pudiera ocurrir por el camino. Todo eso, para en-
contrarnos, cuando ya creíamos llegar a puerto
de salvación, con que por la noche habían asaltado igualmente el edificio de la embajada, y no
ofrecía más seguridad para nadie. Se daba por
seguro, eso sí, que la abadesa, gracias a Dios, estaba ya del otro lado de la frontera. Yo, por
último, logré descargar el fardo de mi responsabilidad sobre el vicario de la diócesis, quien,
con bastante malhumor y palabras duras, que
francamente no creo merecer, tomó a su cuenta
las monjas y las ha acomodado en varios sitios
distribuidas en pequeños grupos.

—¿Palabras duras? —le pregunté.

Sí; por lo visto, el señor vicario se había permitido hablar de escasas vocaciones de martirio,
agregando todavía —por supuesto, en términos
generales y tono de refunfuño— la imputación
de estupidez a la de pusilanimidad; pero mi interlocutor comprendía que, en esta situación, todo
el mundo se sentía nervioso. El mismo me estaba

conversando, y no dejaba de mirar, con señales de angustia, tan pronto el techo, tan pronto hacia la ventana, mientras se enjugaba la frente con el pañuelo.

—Pues, en mi modesta opinión, yo creo que usted, señor mío, ha hecho todo lo que podía hacer y más —le aseguré; y él me escrutó con agradecimiento, medio incrédulo, tranquilizado, casi feliz.

Entonces me entregó el portafolios que hasta ese instante había mantenido sobre el regazo, bien sujeto con ambas manos; y —muy solemne— puso bajo mi custodia aquellos papeles que se creyó en el caso de recoger en las gavetas del escritorio de la priora antes de salir con la expedición. Suponía que pudieran ser de interés, y en todo caso, ¿qué iba él a hacerse con esos legajos? No había querido dejarlos allí, expuestos a caer en quién sabe qué manos; ahora él se volvía en seguidita para San Cosme, el chófer estaba esperándolo en la Plaza de Armas; y desde luego, él no tenía temor ninguno de que su nombre fuera a engrosar el martirologio, eso eran bobadas; pero como el vicario se había mostrado tan intratable, me rogaba a mí —ya él sabía perfectamente quién era yo, gracias a mi parienta—, me rogaba que conservara aquellos papeles, a lo mejor desprovistos de interés, después de todo...

Y así fue como esos documentos vinieron a caer del cielo en las manos de este Pinedito, ¡servidor!, que se las frota de gusto. Retuve a mi visitante para comer conmigo; y agradeció mi insistencia. No había probado bocado, ahora caía en la cuenta, desde... ¿desde cuándo?; sí, desde hacía ya casi veinticuatro horas, entre el viaje, y la preocupación, y la sorpresa desagradable al llegar, y el disgusto del señor vicario; y luego, hasta dar conmigo, pues mi dirección no la tenía, sólo el nombre. Suerte que las señas personales mías...

—se turbó un poco—, en fin, preguntando, yo
era persona demasiado conocida, y pronto pudo
localizarme.

—Y ¿cómo tuvo lugar el asalto al convento?
¿Había habido algo que permitiera barruntar?...
—le pregunté mientras, sentado frente a mí, de-
voraba escrupulosamente un par de huevos fritos
con mucho pan.

—Nada; absolutamente nada. Cierto era que
la atmósfera se había puesto rara en el pueblo
desde que llegó la noticia de la muerte violenta
de Bocanegra. Sin embargo, no había pasado
nada en los tres o cuatro primeros días. Luego,
sí; una mañana apareció el cuerpo de un hombre, cierto vecino, un tal López, colgado como
gallina por los pies en el sitio mismo donde según rumores le habían hecho tiempo atrás una
barbaridad al senador Lucas Rosales. —Tal vez usted no sepa, señor Pinedo —añadió el padre cura,
y yo no dije ni que sí ni que no—, tal vez no
sepa usted que de aquello culpaban precisamente
a ese hombre, al Chino López, y hasta parece
que él mismo se había jactado. Seguramente, alguien se la tenía guardada; y si he de serle franco, por más vueltas que le doy no se me ocurre
quién pudo, o quiénes pudieron ser. Ni me parece
que nadie tenga la menor idea. Pero todo el pueblo se olió que se trataba de un acto de repre-
salia, más o menos ligado con la casa grande.
Ahora bien, la casa grande estaba deshabitada
desde la muerte del doctor Rosales, el ministro,
que se suicidó allí, usted recuerda; no se sabía
a punto fijo si el inmueble dependía del juzgado,
o cómo era la cosa; pero el caso es que la hija,
antes de que la enviaran al extranjero, había pasado a vivir al convento... En fin, qué sé yo. Lo
único cierto es que la abadesa estaba muy ligada,
por vínculos de parentesco y de amistad, con los
señores; pero, con eso y todo, el asalto nadie

lo había previsto, quién iba a imaginarse; y además, seguro estoy, no fue cocinado en el pueblo. Por lo menos, quienes lo llevaron a cabo eran forasteros todos, desconocidos. Entró la partida, a caballo, no en atropellada, sino al paso, y cantando uno de esos estribillos insolentes que ahora se oyen por todas partes; y sólo cuando desembocaron en la plazoleta, ante el convento, empezaron a travesear, a dar corvetas, a disparar tiros y a meter miedo; hasta que por último, como no se veía un alma por los alrededores, pegando tremendo chillido, arremetieron a la voz de *ahora* contra la puerta, la forzaron, y se entraron de rondón todos, hasta el último, montados siempre en los caballos. Ahí vino lo indescriptible: convirtieron el jardín en cuadra y se dedicaron a saquear y robar cuanto les dio la gana. Por fortuna, no hubo profanaciones ni sacrilegios, ni las monjas pueden quejarse, en cuanto a la integridad de sus personas, sino del susto pasado y de algún que otro empujón. Destrozo, sí lo hicieron, a placer suyo; y cuando se hartaron, ¡hala!, otra vez a caballo... Se salieron al campo de nuevo, gritando: ¡Vivan los Pela'os!, sin que nadie los molestara. Más de treinta eran. En los sombreros de paja llevaban pintadas calaveras negras. —Lo que nadie ha podido averiguar hasta el momento —concluyó don Antonio, a la vez que rebañaba con un pedazo de pan el aceite de su plato— es cómo consiguió la abadesa escabullirse tan pronto en medio de aquel barullo; y yo me pregunto cómo se las arreglaría para huir hasta la capital. Aunque se corrió la voz en seguida de que los bandidos se la habían llevado para sacar rescate, nadie pudo asegurar haberla visto entre ellos, y eran muchos pares de ojos los que, tras los postigos, habían espiado la salida de los asaltantes. Se me ocurre a mí que escaparía quizá por la huerta, y a lo mejor algún automóvil que

pasara por la carretera la alejó del pueblo. De
seguro creyó que aquellos bárbaros iban a dego-
llarlas a todas.

Por un lado, estaba yo deseando que se mar-
chara mi visitante para precipitarme a ver qué
contenía la cartera de papeles; algo me decía que
iba a ser una buena sorpresa, y de todos modos
soy curioso; pero por el otro, quería hacerle algunas preguntas más, destinadas a puntualizar ciertos detalles relacionados con aquellos personajes
y sucesos; entre otras, la de si conocía el actual
paradero de los hijos de Rosales, el doctor, el
que fue ministro; pues me había parecido oírle
mencionar de pasada que la hija estaba en el extranjero. Reflexionó el buen hombre, produjo un
pequeño suspiro y, mediante algunos circunloquios, vino a hacerme saber que, en efecto, después de tenerla un tiempo en el convento, la
abadesa la había expedido a Nueva York consig-
nándosela a su tía, la viuda del senador, que vivía
allí desde la muerte del marido; mientras que
del muchacho, ¡pobre!, no podía darme noticia
precisa; y si yo se lo permitía, él necesitaba regresar ya para San Cosme, pues el chófer debía
de estar desesperado. ¿Cómo no? Pero yo esperaba que él, siquiera, no habría tenido inconvenientes en el ejercicio de su ministerio... Parado
ya junto a la puerta, me dio la tranquilidad de
que hasta ese momento, gracias a Dios, no; hasta
ese momento, los únicos hechos graves ocurridos
en el pueblo habían sido lo del Chino López y,
sobre todo, el asalto al convento, aun cuando,
claro está, no habían faltado otras tonterías desagradables. Al alcalde (que ya se eternizaba, la
verdad sea dicha, en el puesto) lo habían desti-
tuido sin contemplaciones, instalando en lugar
suyo a otro sujeto, que no era peor, aunque sí
más bruto; pero como el secretario municipal
seguía siendo siempre el mismo, qué más daba.

Aparte ciertas alharacas, ciertas estupideces y muchas salidas de tono, en el fondo todo seguía igual...

Se detuvo un momento, y añadió antes de irse:

—¿Sabe usted lo que le digo, señor Pinedo? Si no lo hubieran colgado cabeza abajo, quizá sería alcalde ahora el Chino López. Conque vaya usted a descifrar los designios de la Providencia...

## Veintidós

Se fue, por fin, el cura de San Cosme, y a mí me faltó tiempo para abrir el portafolios que me había dejado y sacarle las tripas. Encontré ahí, además de facturas y recibos, y otros papeles de curiosidad escasa, el legajo de cartas a que pertenecen las dos transcritas antes y —muy bien atados con una cintita celeste— unos cuadernillos escolares que en seguida me llamaron la atención y cuyo texto, trazado con excelente letra sobre las rayas azules, voy a reproducir de inmediato, en aquello que importa. Se trata, como podrá verse, de unas páginas acongojadas y casi convulsas que María Elena, la hija de Luisito Rosales, escribió a raíz del suicidio de su padre. No obstante el sufrimiento, la turbación y la angustia de que están impregnadas, y de una cierta retórica heredada o aprendida *at home,* esas páginas, me parece a mí, trasuntan las calidades de un alma noble. Sus frases son a ratos pueriles; pero, por encima de todo, ¿no se descubre ahí un algo de maduro, y hasta de repentinamente maduro?

«Toda la noche he llorado, sin conseguir desahogarme —son las primeras palabras que contiene esa parte del cuaderno, después de una vieja composición, bastante convencional, sobre la puesta del sol en los Trópicos, cuya prolijidad cuidadosa de alumna contrasta con la agitada pasión de esta otra caligrafía—. Pensaba —prosigue— que llorando se me descargaría el corazón, pero no ha ocurrido así; he llorado la noche entera sin hallar consuelo. Y ahora, por la mañana, ya no tengo más lágrimas. Por no volverme loca, busco en el fondo de un cajón mi olvidado cuaderno, entre los libros de estudio, e intentaré explicarme conmigo misma, ya que nadie tengo en el mundo a quien confiar la carga que me abruma. Cuaderno mío: ¿por qué vienes también tú a afligirme con el sarcasmo de esas boberías que guardas de otros tiempos, y de otra yo, perdida para siempre? ¡Ayúdame tú siquiera! Siquiera tú... Pero ¡ay!, más me vale ordenar los hechos, en lugar de cansarme con divagaciones que a mí misma me suenan en seguida a hueco.

»Los hechos son duros, sí, pero bien precisos: a ellos me atendré. Un hecho es que, por fin, a Dios gracias, habían conseguido deshacerse del fardo, escamotearlo: el ruido del motor, abajo, fuera, y las caras compungidas alrededor mío, delataban la salida de la ambulancia, llevándoselo. Don Antonio, cumpliendo sus deberes de párroco y director espiritual, se me acercó entonces y, confortadoramente, me puso la mano sobre el hombro. Yo se la tomé con vehemencia, y le dije que deseaba pedirle confesión. De pronto, había sentido la urgencia de confesarme, y así se lo dije: que quería confesarme en seguida. Su mirada fue de estupor. Asustado, pretendió dejarlo para el día siguiente, cuando yo hubiera descansado y me hubiera serenado algo. Pero yo estaba serena; con la garganta seca, pero muy serena. Insistí, insistí, apremié, y no tuvo más remedio que acceder a oírme. Fuimos a sentarnos en el diván de la salita, ¡en el mismo diván, Dios santo!... Lo que yo tenía que confesarle no era, por

cierto, para que al pobre se le pasara el susto.
Al principio creyó que, con el dolor, quizá me
había trastornado y desbarraba, tan absurdo debió de parecerle lo que le conté; y cuando se
convenció de que no, de que las cosas eran no
más tal cual se las decía, quedó anonadado el
buen hombre. Y ¿cómo no iba a desconcertarlo,
y a consternarlo inmensamente, aquella monstruo-
sidad que yo —la criatura cándida a quien él
conocía a fondo desde muy niña— le estaba refi-
riendo con las palabras exactas, sin preparación
ni adobo alguno; a saber, que, recién muerto mi
padre, y a dos pasos del lugar donde yacía su
triste cuerpo, hacía yo entrega del mío, tras de
la puerta, como no lo hubiera hecho la peor mujerzuela, al primer desconocido? ¡Si yo misma
soy, y no termino de creerlo! Antes me parece
que estoy debatiéndome entre las ligaduras de
una pesadilla tenaz, que todo es mentira e imposible, y que por último, cuando Dios quiera que
me despierte, he de encontrarme —¡alivio infi-
nito!— con que sigo virgen como antes; y con
que tampoco mi desdichado padre ha cometido
ese horror consigo mismo... Pero ¡no!, que la
pesadilla dura ya demasiado, y toda esta noche
he estado llorando, y eso ha ocurrido realmente,
y no es un mal sueño: nadie sería ya capaz de
borrarlo ni anularlo. ¿No había de espantarse el
bueno de don Antonio? Yo esperaba de su tribunal una reacción tremenda, adecuada al tamaño
de mi infamia; deseaba tal reacción, estaba aguar-
dándola con una especie de ansiedad casi espe-
ranzada. Pero, en lugar de ella, el infeliz se me
queda mirando con ojos de carnero durante un
rato que me pareció interminable, y cuando vuelve de su asombro es para someterme a un inte-
rrogatorio que su turbación hacía vacilante, tor-
pón. El pobre viejo estaba más desmoronado que
yo misma; parecía que el penitente hubiera sido

él... Cuando, con ayuda de los detalles más odiosamente concretos, hubo conseguido encajar lo
inverosímil en el cuadro de la realidad: —Reza,
reza mucho, hijita —es todo cuanto se le ocurrió;
y su desconcierto vino a aumentar mi desamparo.

»Fue abominable, fue como si me hubiera obligado a pasar segunda vez por aquella experiencia.
Yo había compuesto mi confesión con palabras
escuetas y verdaderas, las menos posible, sólo las
indispensables; hice el esfuerzo y, tragando saliva, largué de un tirón todo. Pero él, al oírme,
pone la misma cara que si estuviera viendo salir
de mi boca, en efecto, esa sierpe que simboliza
el pecado; y como no podía dar crédito a sus
ojos, me torturó con preguntas que me forzaban
a precisar cada uno de los detalles horribles, reproducidos ahora en frío y bajo una cruda lucidez, sin la anestesia del aturdimiento y de la
oscura excitación que a la hora de mi caída me
había empañado la mente; de modo que sentía
las manos del desmañado cirujano hurgándome
las entrañas... Quiso saber quién había sido el
miserable (la indignación no le permitió abstenerse del calificativo desde su santo tribunal); y
cuando se lo hube dicho, cuando nombré a Tadeo, su reacción, aun en momentos tan penosos,
no pude evitar que me produjera una débil sonrisa. —Pero Tadeo no es un desconocido —protestó—. Habías dicho que fue un desconocido...

»Lo había dicho en el énfasis de la autoacusación; pero no; en verdad, Tadeo no era un desconocido; tenía razón don Antonio. Y aun admito
que, cuando, en aquel instante, lo vi entrar de
improviso en la sala donde yo estaba hundida y
me ahogaba, y acercárseme sin vacilar, y tomarme
de la mano, y sacarme de allí con seguridad tan
firme, en aquel instante sentí —lo admito—, sentí
absurdamente que era él lo único que me quedaba
en el mundo, mi solo y último cable de salva-

ción... Trato de descubrir mis resortes ocultos,
no de engañarme a mí misma con falsas disculpas. Disculpa, bien sé que no la tengo; pero quisiera, al menos, poner en claro ante mi propio
foro quién soy yo, para poder detestarme hasta
el fondo. Porque lo cierto es que, no él, sino yo,
soy la desconocida: una extraña, de cuya presencia, de cuya existencia, no tenía la menor sospecha, y que se ha revelado de pronto, incomprensiblemente, dentro de mí. En vano se fatigará
don Antonio con sus generalidades piadosas: al
recapacitar en lo que he hecho, en cómo me he
entregado sin resistencia alguna, ni siquiera íntima, no consigo librarme de la idea de que así
me hubiera entregado en cualquier momento,
siempre, tan pronto como se le hubiera antojado
a él; y —lo que es más aterrador aún: que igual
volvería a hacerlo mañana, ahora mismo, no bien
se presentara él y lo quisiera. ¡Esa soy yo, pues!
Soy *eso*. De repente, me descubro a mí misma.
Y, de paso, lo descubro también a él. ¿Cómo que
no era un desconocido? ¿Que no era un desconocido? No importa que, en el aburrimiento de
mi eterno balcón, me hubieran entretenido desde
pequeña sus idas y venidas, y sus hazañas tontas
de mozalbete, al frente de otros peladitos a quienes capitaneaba y tiranizaba; y que, cuando por
casualidad no venían una tarde a jugar delante
de casa, yo recayera en mis tristes lecturas, cuidando a Angelo, más nervioso entonces que de
costumbre, y envidiándoles su libertad. Ni tampoco importa que luego, ya instalados nosotros
en la capital, mi padre lo trajera más de una
vez, con esa cordialidad suya extemporánea y excesiva que yo no podía aprobar, o que más bien
me hacía sentir humillada y ponerme tiesa. ¿Dejaría por todo ello de ser un extraño? ¿Un pretensioso insufrible?... Hasta creo que llegué a
odiar el dichoso nombre de Tadeo, con tanto oír

sus elogios en boca de mi padre: un talento extraordinario; recalcaba: ex-tra-or-di-na-rio, digno de toda protección y estímulo. Y yo, furiosa, me obstinaba en callar, sabiendo que él buscaba mi contradicción, una objecioncilla cualquiera, para razonar interminablemente y tratar de justificarse. Sabía yo que me aplastaría, sin duda, con sus razones. Por eso mismo, callaba, le cerraba la puerta, le negaba esa caridad, apretaba mi intransigencia interior. La inocencia es implacable, es detestable. ¡Tarde viene una a arrepentirse de sus crueldades! Cuando ya no hay vuelta. ¿Por qué, Señor, no permites rectificar el dibujo, rehacer el bordado, borrar las equivocaciones peores? Ya no hay remedio; nunca hay remedio para lo que verdaderamente importa. Abro los ojos —el desgarrarme las entrañas ha sido también abrirme los ojos—, y quisiera que la tierra me tragara. ¿Cómo podía querer bien a mi pobre padre, si tampoco a él lo conocía? Mi cariño no era sino eso que llaman una lamentable equivocación. Este amor filial mío, un poco rencoroso, un poco resentido, distante; respetuoso, pero sobre todo, distante, era, tenía que resultar una especie de burla carnavalesca para corazón tan acabado por las tribulaciones y por las cavilaciones. Estaba solo; me tenía a su lado, pero estaba solo. Las manos a la espalda, baja la cabeza, solía pasear y pasear sin término la habitación; y a mí —por si no bastara con la movilidad incesante de Angelo para gastarme los nervios— me exasperaba el verlo así rato y rato. Nunca respondía yo a sus casuales reflexiones; y le hacía sentir mi irritación, hasta que, cansado, dejaba de recorrer la pieza y se iba·

»Estaba solo, y solo estuvo siempre. Al morir mamá, había dejado bloqueado entre él y yo, como un tabú, cuanto, en vida suya, fue materia litigiosa para ambos. Y materia litigiosa ¿qué no lo sería? Cosa que él hiciera, intentara o propusiera, ella le salía en seguida al paso para atajarlo de la manera directa, cortante y un poco brutal incluso, que era propia de su natural sincero. ¡Ahora lo veo tan claro!: en último extremo, lo que ella desaprobaba, censuraba y condenaba no era este o aquel acto suyo, sino a él mismo. Era a él, a quien —sin perjuicio de quererlo mucho— rechazaba desde el fondo de su ser. Irreconciliables, como el agua y el fuego. ¡Hubiera tenido que suprimirse! Y eso es lo que ha hecho ahora: suprimirse. De pronto, descubre una toda la justeza terrible que puede haber en una expresión vulgar: se ha suprimido. ¿No era eso lo que ella quiso siempre, sin saberlo? Pues por último lo ha conseguido, y —la mano me tiembla al escribirlo— ha sido por ministerio mío; yo he sido, siquiera en parte, su instrumento. Al morir ella convirtió en sacrilegio todo lo que significara contrariar sus claros, limpios, nobles, sencillos, inconmovibles, tajantes criterios, y yo no hubiera podido, sin sentir que la traicionaba y ofendía su memoria, dar por buenas las sutilezas de mi padre, aun cuando comprendiera, como comprendía, muy bien las razones particulares de sus actos y la razón total de su conducta. Pesaba sobre mí —me pesaba— como un sagrado deber el de recusarlas; y hacerlo así me procuraba una especie de amargo deleite. ¿No había sentenciado ella, acaso, de una vez por todas, que Bocanegra era un perdulario? Pues yo suscribía a ojos cerrados esta sentencia, sin que pudieran nada en contra todas las consideraciones imaginables: que, aun habiendo sido perdulario, no por eso dejaba de pertenecer a una familia decente; que, en cuanto a las responsabilidades por la muerte del tío Lucas, nada se pudo aclarar en definitiva, pese a la encuesta judicial y a las promesas hechas a mi padre... Y tampoco cabía duda de que si éste se

coloca en una actitud irreductible, ni hubiéramos
conservado nuestra casa y lo poco que aún nos
queda, ni se sabe lo que hubiera sido de nosotros,
del desgraciado de Angelo, de mí... Ahora, y sólo
ahora, ante el hecho consumado, alcanzo a medir
las angustias que debió padecer, pobre papá mío,
barajando sus propias perplejidades bajo la presión calmosa de su mujer, para quien, sin embargo, el problema no podía ser ni tan dramático
ni tan agudo, pues ni el tío Lucas era hermano
suyo, sino cuñado, ni —para colmo— ella se había
llevado demasiado bien nunca con la viuda, de
modo que no le causaría tanta consternación el
verla marcharse, por fin, a la ventura, con un
niño de cada mano... Mi padre consiguió desde
luego que les pusieran un automóvil escoltado
hasta la frontera, e hizo para ella ciertos arreglos
económicos, gracias a los cuales pudo defenderse.
Todo esto merecía tomarse en cuenta. Pero la
sentencia era firme, irrevocable: Bocanegra, un
perdulario; y, al morir ella, mi obligación consistía, sin que nadie me lo hubiera dicho, en
sostener este juicio con todas sus consecuencias.
Consecuencias que se resumían en una actitud
inflexible, hasta inhumana, frente al mundo com-
plicadísimo donde mi padre tenía que moverse.
Bocanegra, un perdulario, ni más ni menos. Y Tadeo, un mulato atrevido. ¿Necesitaba yo, acaso,
habérsela escuchado?: estaba tan segura de esta
opinión suya, como si hubiera podido oírla escaparse de entre sus labios finos y apretados. Después de muerta, seguía ella lanzando sus juicios
perentorios, inapelables, sobre la gente. Y a mí
me tocaba formularlos por ella. ¡Un talento ex-
tra-or-di-na-rio!, proclamaba mi padre; y yo, para
mis adentros, le replicaba: Un mulato atrevido.
No yo: ella, desde el fondo de mí. Ella, con la
hermosa, imperturbable y cándida certidumbre
que tenía. ¿Quién hubiera dicho entonces, vién-

dola desplegar, tan segura de sí, esa entera energía, que sus días estaban contados y se le acababa la vida? Ya hoy, los dos están bajo tierra; y yo, sola aquí para siempre, hasta que vaya también a reunirme con ellos. ¡Dios tenga piedad de sus almas!

»...¡Ay!, divago sin remedio. Me he perdido, y no quiero tampoco —¿para qué?— releer lo escrito. Esta confesión o clamor sin destino debiera permitirme, esa fue mi intención, recoger mis pensamientos que se extravían, se retuercen y confunden cuando me abandono en la butaca, cerrados los ojos, estos ojos que me arden, secos ya por toda la eternidad...

»Pero, hija mía, ¿cómo pudiste?... ¿por qué te dejaste hacer? —me preguntaba consternadísimo el pobre don Antonio, con más perplejidad que reproche en la voz. ¡Como si yo hubiera tenido respuesta que darle! ¡Como si no fuera eso mismo lo que yo me pregunto, y vuelvo a preguntarme, con estupefacción una y otra vez, incansablemente! Que vivimos rodeados de misterio, lo sé; que el universo entero es impenetrable, y que sólo nos resta inclinarnos ante la grandeza divina. Pero nada aterroriza tanto como el darse cuenta de que también el fondo de uno es impenetrable, y desconocerse, e ignorar quién se es. Recuerdo, y no lo olvidaré jamás, el espanto que se apoderó de mí cuando, en los límites de la infancia todavía, la primera sangre, presentándose de improviso, vino a gritar en mi cuerpo una suciedad de la que yo, pobre criatura, ¿cómo iba a ser responsable? Pero el cuerpo, ya me había adoctrinado a despreciarlo, a desconfiarle, a avergonzarme de él. El cuerpo, con todas sus humillaciones cotidianas, era la pensión que Nuestro Señor Jesucristo aceptó para mostrarnos mediante su ejemplo el camino, y enseñarnos a conllevar la bestia sin detrimento del espíritu. Sí, el espí-

ritu estaba ahí siempre, para salvar la situación.
Pero ¿y cuando el espíritu, de pronto, se rebela
también, se sale de casa, se escapa? ¿y si el espíritu resulta ser también un animal cimarrón, que
te desconoce, y no obedece a tus llamadas, y te
mira, burlesco y extraño, sin ponerse más al alcance de tu mano?... Me pregunto yo por qué he
hecho lo que hice; y no tengo respuesta. Entonces ¿quién soy yo? Estaba despierta, y sabía bien
de qué se trataba, sobre todo desde que él pasó,
de las primeras caricias, tan suaves en su persua-
siva energía, a los manejos insolentes y brutales.
No había más duda, no quedaba lugar a engaño;
yo sabía, y consentí. No sólo consentí, sino que
me abandoné con la delicia que debe de experi-
mentar quien, agotado, se entrega por fin a las
aguas, o quien, habiendo perdido sus últimos re-
fugios, se reconcilia con la muerte y aguarda sin
moverse el zarpazo del tigre que se dispone a
devorarlo. En realidad, sus ojos eran, no atrevi-
dos, sino inhumanos; me contemplaba con una
terrible, calmosa indiferencia de fiera segura de
la presa bajo su garra; y yo, en medio de mi
abyección, del azoramiento y del bochorno, expe-
rimentaba una rara felicidad: la felicidad de sa-
berme definitivamente perdida.

»Perdida, deshonrada me veo ahora; pero, así
como no puedo dar razón de mi conducta, tampoco hallo el camino del arrepentimiento; y sólo
me asombro de mí misma, me desconozco, no sé
más quién soy: eso es todo. Al afligido confesor,
pobre viejo, no le he dejado siquiera el recurso
de usar conmigo de la misericordia divina im-
partiéndome su absolución, pues arrepentida no
pude decirle que lo estuviera: no lo estaba, no
lo estoy. Dolorida, deshecha, aniquilada, sí; pero
no arrepentida. Y ¿por qué no lo estoy? Pues
porque, a pesar de mi anuencia, veo lo ocurrido
como algo que está más allá de mis alcances. La

pérdida de mi virginidad y el suicidio de mi padre se me confunden en el ánimo, y me pesan como una sola culpa anterior a toda deliberación mía, y de la que debo responder sin que me hubiera sido posible, humanamente, evitarla.»

# Veintitrés

Como podrá advertir en seguida el avisado y discreto lector, esta niña sabia descubrió sin darse cuenta, aunque muy a sus expensas, ¡desdichada!, ese asombroso mediterráneo que es el pecado original. Las anteriores páginas, tan agitadas, y tan retóricas a trechos (pero ¿quién ha decretado que la retórica sea incompatible con la sinceridad?; al contrario, puede reforzarla incluso), estas hojillas atormentadas que escribió en un viejo cuaderno escolar, son la indigestión, todavía, de la famosa manzana del Paraíso.

Confesaré, sin embargo, que algunas de sus acongojadas cogitaciones me dieron que pensar al leerlas. Si tú, niña preciosa, reniegas de tu cuerpo y las suciedades de tu fisiología te humillan; si a veces, como es notorio, se avergüenzan, por ejemplo, las jovencitas del ostentoso crecimiento de sus pechos nuevos, ¿qué tendrían que decir?... Bueno, ¿qué tendría que decir yo? Entre los que se preocupan —qué tontería— de la iconografía auténtica de Jesús, hay quienes sostienen que nuestro Salvador fue en realidad, también él, tullido o deforme. ¿No bastará, acaso, con que fuera hombre?

Volviendo a María Elena: pocas semanas estuvo recogida en el convento de Santa Rosa. La carta de la abadesa que copio luego informa acerca de cuál fue su suerte inmediata. En general, los borradores de la abadesa no presentan muchas correcciones. Incluso hay alguno que, por su perfección, más parecería copia. Es probable que, al pasarlos en limpio, cambiara acá o allá tal o cual detalle; pero aparecen escritos de una tirada, y casi siempre hubieran podido, salvo algún pequeño retoque, ir como cartas originales.

No ocurre así, por excepción, con la que dirigió de nuevo a su prima, la viuda del senador Rosales, en Nueva York, para encajarle a María Elena, y hacerlo de modo tal que a la otra no le quedara el recurso de poner objeciones, ni más remedio que apencar con el hecho consumado. A esa carta le tuvo que dar cien mil vueltas antes de alcanzar su pergeño definitivo, como lo atestigua este borrador, que aquí tengo, literalmente plagado de tachaduras, intercalaciones, transposiciones y demás cambios. A la postre, debió de quedar redactada, y llegar a destino, más o menos, en los siguientes términos:

«Mucho me pesa, querida prima, tener que adoptar la resolución que voy a comunicarte, y el disgusto que con ella es inevitable darte a ti. No ha sido menor el mío, como comprenderás cuando te enteres de qué se trata. Y voy a decírtelo en seguida, sin preámbulos, incluso brutalmente; es esto: sabrás que tu sobrina, esa mosquita muerta de María Elena, nos tenía engañados a todos, y ha resultado ser una perdida infame. Así como suena. Te resistirás a creerlo, ya lo sé; pues yo misma tenía las pruebas ante los ojos, y me negaba todavía a darles crédito. Pero es así; y para que no lo dudes, antes de seguir adelante quiero darte la seguridad de que esas pruebas están en mi poder, bajo la más inequívoca forma

del mundo: como declaración escrita de su puño
y letra. ¿Te sorprende? Calcula, entonces, cuál no
sería mi sorpresa cuando, en un cuaderno que,
cumpliendo con mi deber, le había secuestrado,
encontré semejantes abominaciones. Ella se pasaba horas escribe que te escribirás, encerrada, después que todas las hermanas estaban durmiendo;
y yo, que debo velar por ellas, tan pronto como lo
supe decidí registrarle sus cosas para averiguar
de qué se trataba. Hijita, no puedes imaginarte
qué inmundicia. Versos y más versos es lo que
escribía la muy cursi; idioteces. Pero en medio
de tanta pamplina, de pronto descubro un relato, una especie de confesión muy cínica, donde
la nena se regodea con cosas capaces, te lo juro,
de ruborizar a un sargento de caballería. En resumen —pues quiero pasar sobre ello con las
narices tapadas, porque hiede—: que, como te
digo antes, ella misma declara ser una perdida,
y hasta se complace en calificarse a sí propia con
el dictado de mujerzuela. ¡Y yo que, bajo el engaño de una piadosa intención, la había traído a
convivir con estas inocentes, en el seno de una
casa que era y debe ser siempre el asiento de la
más intachable pureza! Dios me perdone, por
haberlas expuesto así a la contaminación del pecado. Con toda humildad —pues a mí, tú lo sabes,
no me duelen prendas—, reconozco que he sido
demasiado imprudente, y la hipocresía increíble
de esa niña no puede servirme de disculpa. Hubiera debido yo, y me acuso de no haberlo hecho,
considerar los antecedentes familiares, y darme
cuenta de que algo turbio, oscuro, demoníaco, en
fin, tenía que haber en la sangre de quien añadió
el suicidio a la traición, aunque tu benevolencia,
querida prima, encuentre disculpas para todo...
Y lo ocurrido luego con el muchacho (ya tan
marcado por la mano de Dios, con su imbecili-
dad congénita) hubiera debido prevenirme, y ser-

virme de escarmiento. Tal como es, tarado y todo,
bien supo desaparecer del pueblo para sustraerse
a la disciplina que, mientras se disponía otra
cosa, iba a habérsele impuesto. ¿Por qué había
de ser mejor su hermana?

»Quizás me dejo arrastrar, querida prima, por
la indignación que me ha producido el descubri-
miento del gatuperio; y tal vez exagero. Pero lo
cierto es, y de ello no me cabe duda, que esa
desgraciada no puede seguir en el convento. He
llamado a capítulo a don Antonio (este tal es
capítulo aparte, puedo asegurártelo) y después
de cantarle las verdades hasta ponerle ardiendo
las orejas, pues no hay derecho a hacer lo que
él hizo (te digo que es capítulo aparte, y ya te
contaré algún día), lo he encargado de preparar
todo para que tu sobrina salga inmediatamente
hacia Nueva York. Estoy segura, porque te conozco bien, de que aprobarás mi resolución, y te
alegrarás de que la haya adoptado sin pérdida
de minuto. En realidad, no creo que hubiera alternativa. Un escándalo repercutiría sobre el convento del modo más lamentable, y deve evitarse.
Si se piensa que el escándalo estaría implícito en
cualquier otra resolución, hemos decidido, aun
afrontarlo con nuestros escasísimos recursos las
expensas del viaje, enviártela a ti, que en principio te habías mostrado dispuesta a amparar en
tu casa a Angelo, el hermano, y pedirte que nos
ayudes con eso a salir del lío en que nos ha metido la que, aun indigna, es tu parienta. No pienso
yo, naturalmente, que debas recibirla en tu hogar,
tanto más, teniendo como tienes hijos varones;
pero será fácil que le consigas algún empleo; ella
sabe bien inglés, y ahí, en ese país, nadie ignora
cómo se las gastan en materia de moralidad: todos los gatos son pardos; y para ella misma es
mejor bandearse sola.

»De manera que, hacia la fecha en que recibas esta carta, ya estará todo listo, calculo; y tan pronto como esa alhaja vaya a salir vía Nueva York, te pondré un telegrama para que puedas ir a esperarla y te hagas cargo de ella.»

# Veinticuatro

Creo que cuando llegue la hora de redactar en serio el texto de mi historia, muchas de estas cosas quedarán fuera, o reducidas a mención sumarísima. En realidad, no sé por qué —ni siquiera aquí, en esta desordenada colecta de documentos y noticias— les he dado tanta cabida. Hubiera bastado, si acaso, con informar en la brevedad de un par de líneas que, a raíz del suicidio del doctor Rosales, recogieron a su hija María Elena en el convento de Santa Rosa para ser transferida luego a poder de una tía suya en Nueva York, mientras que Angelo, el muchacho, había desaparecido del pueblo. Ni aun tales datos valdría la pena de consignarlos: es así, *mutatis mutandis*, como terminan siempre las grandes familias, sin que las trompetas de la fama tengan por qué propalar su final inglorioso.

Volvamos, pues, a las memorias de Tadeo Requena, que son nuestra principal fuente, para retomarlas ahora en un punto crítico. Tras de sus comentarios, un tanto acerbos, a los funerales del ministro de Instrucción Pública, el manuscrito se interrumpe, en efecto. No hay duda de que su autor debió de pasar en aquellos días por una crisis que llamaría yo de conciencia si no

fuera excesivo atribuirle conciencia a nuestro siniestro personaje. Por lo que quiera que sea, dejó
de borronear papeles durante un tiempito; y, a
partir de ahí, apenas encontramos ya en su prosa
las digresiones, la minucia y hasta las cominerías
con que solía incurrir el escribidor secretario, y
de las cuales he reproducido aquí algunas muestras. No; ahora —sin que, por supuesto, aban-
done definitivamente su estilo, pues se dijo, y lo
dijo nada menos que un naturalista, que el estilo
es el hombre— va derecho al grano, constriñén-
dose a lo que importa en lugar de complacerse
en andar por las ramas como parecía ser antes su
gran deleite. O tal vez no hay un cambio de actitud, sino que los hechos mismos, creciendo en
gravedad, eliminaban por sí solos la ocasión de
vagas recreaciones literarias. De cualquier manera, una cosa es cierta: que su pluma corre como
si el joven Tadeo llevara una jauría a los talones. Por último, hemos de verlo, la jauría le dio
alcance.

Pero veamos antes lo que dejó escrito al pro-
seguir, tras de aquella pausa, la redacción de sus
memorias. Escribe Tadeo Requena: «Durante muchos días había suspendido estas anotaciones, o
lo que sean, y no acierto a reanudarlas, ni sé más
si tiene objeto o no el hacerlo. Empecé por entre-
tenimiento, quizá por vanagloria, y ahora continúo casi por penitencia, como esos trabajos que
se cumplen con la intención de salvar el alma.
¿A dónde hemos llegado? Están pasando dema-
siadas cosas, y hay ratos en que me siento harto;
superado; harto de todo. La verdad es que no
acierto a ver claro, ni consigo imaginarme cuál
podrá ser la salida de este laberinto. Lo único
seguro —penoso me resulta confesármelo, pero
¿a qué engañarse?—, lo único seguro es que esa
mujer está pudiendo conmigo. La detesto y la
desprecio, y no me privo de hacérselo notar; pero

puede conmigo. Pienso que es quizás su impavidez lo que me impone, su insensatez misma lo que me subyuga. Desde el comienzo supe siempre demasiado bien que tendría que defenderme de ella; y sin embargo, consigue arrastrarme, aunque luego me desespere a solas de haber terminado por acceder a lo que no quiero, ni me interesa, ni me conviene. Y ya desde el primer momento fue así no más... Esto, me había abstenido de consignarlo en su día: es indecoroso, es infame y me deprime mucho; pero ahora necesito ponerlo en negro sobre blanco, para cualquier eventualidad.»

A continuación puntualiza Requena el modo como llegó a tener trato íntimo y acceso carnal con la primera dama de la República. No reproduciré en sus propios términos la página, aun cuando para mí resulta muy sabrosa, y tanto más divertida por el contraste de lo que cuenta con el tono pesaroso y enfurruñado del relato. Según él, fue doña Concha quien abordó al joven secretario de su esposo, y por cierto, en forma bien abrupta, aunque no sin haber hecho antes varias tentativas frustradas, o si se quiere, insinuaciones. Esta vez se acercó a la mesa con pretexto de leer lo que él escribía, apoyó en la esquina ambas manos y volcó hacia adelante el desbordante contenido de su generoso escote. «Me enseñó hasta la intemerata», declara brutalmente Tadeo. Y esa vista debió ser para él señal de *sursum corda*, pues cuando se alzó de la silla diciéndole: «Mire, señora, conmigo no se juega: debo informarla que yo no soy el casto José», la primera dama, ni corta ni perezosa, le echó mano, como él dice, a salva sea la parte, y exclamó con una risotada: ¡Qué bárbaro! ¿Conque ésas tenemos? «Uno es joven», se sincera Tadeo. Joven, sí, mas no por completo carente de *self-control*, pues, como explica, «mientras ella, escapando a mi zarpazo, se retiraba con su calmoso contoneo, yo había tenido ya oportunidad de recuperarme; y así cuando se volvió a echarme una risa invitadora desde la puerta, pudo comprobar la muy grandísima que yo no corría tras ella como un faldero. Ya iría viendo quién era yo. Estaba resuelto a humillarla, aunque, después de haberlo meditado, pesado y medido todo muy bien, decidí aprender de la Historia, que es —tanto más, la Sagrada— maestra de la vida; y no siendo, como no lo soy, ningún casto José, tampoco me convenía sufrir la suerte de aquel santo varón. Más o menos, cumplí el plan que me había trazado: no la busqué nunca, y cuantas veces la veía, en público o sin testigos, me mostré frío, cortés y respetuoso, cual cumple a un digno secretario. Pero cuando, por último, una tarde me llamó: '¡Venga acá su señoría!' haciéndome un gancho con el dedo índice, me di por enterado y no fueron menester explicaciones enojosas. Nos entendimos. No consiguió domesticarme nunca, pero mentiría si me jactase de haberla dominado yo a ella. En realidad, siempre tengo que estar a la defensiva; y tan pronto como me descuido, me gana un punto.»

«Ahora —agrega— tengo en cambio la sensación de haber perdido pie. ¿A dónde iremos a parar?» Y se extiende en algunos pormenores bastante indelicados acerca de las relaciones que, durante los ratos libres de su servicio oficial como secretario del presidente, sostenía con la presidenta, para desembocar por último en lo que tanto lo desazonaba; a saber: las benditas sesiones de espiritismo. «¡Cuánta razón —exclama— tenía yo para desconfiar de esa estupidez de tenidas espiritistas! Pero es inútil: siempre ha de encontrar uno argumentos que lo persuadan y lo muevan hacia aquello que, sin embargo, se le está resistiendo hacer. Argumentos especiosos, desde luego; tonterías: que gente seria no había de reunirse ahí una semana tras otra, por pura mojiganga; que juntar sobre el velador las manos con personas como, por ejemplo, Equis o Zeta era, en cierto modo, hacerse compadre suyo; que en qué me podía perjudicar ello, al final... De bofetadas me daría por haberme dejado convencer así. Durante las dos o tres primeras semanas, hasta parecía que hubieran tenido alguna validez tales razonamientos. El día de mi iniciación, si así puede llamársele, no se produjo ningún fenómeno digno de nota, no hubo nada de particular, y todo aquello fue más bien una sosera. Total, nada; pavadas. Esa imbécil de misia Loreto nos importunó, como tiene costumbre y siempre lo hace, con su eterna petera de una Presencia astral a la que anda persiguiendo en vano, y por lo visto no hay medio de evitar que cada vez intervenga de nuevo, interfiera, clame, invoque, suplique, lloriquee, y se ponga histérica y pesada. Los demás, unos sonreían con santa paciencia, otros quisieron tomarle el pelo; Concha, la Gran Mandona, la insulta y la hace callar, pero nadie parece dispuesto a cortar por lo sano, a pesar de que en más de una ocasión ha ahuyentado manifestaciones que prometían ser interesantes. Tal es la plaga de esta clase de reuniones, y todo quisque se resigna. Las primeras a que yo asistí, como digo, ni fu ni fa. Yo había ido de mala gana, y estaba rabioso, molesto, aburrido. En igual temple se me pasaron, una tras otra, varias semanas, siempre con el propósito postergado de retirarme para la siguiente. Hasta que, de pronto, cuando menos me lo esperaba, el martes último, zas, me veo metido de un tirón en la danza. La medium había empezado a ponerse en trance, con los ojos revirados, que casi le da un patatús, y por fin, rompe a proferir disparates con destino a este humilde servidor. Me indigné; no me gus-

tan las payasadas. Pretendía estar hablando por
boca suya el difunto senador Rosales, y dirigirse
a mí —precisamente a mí, con quien jamás había
cruzado la palabra en vida—, para hacerme ad-
moniciones y darme una encomienda que... ¡vamos! ¿Por qué a mí? Y ¡qué encomienda! Todos
se quedaron secos. En cuanto a Concha, que estaba a mi izquierda, temblaba; su mano temblaba
debajo de la mía. Pero a mí ¿qué se me importaba del senador Rosales, ni qué tenía yo que
ver, ni a él qué podía haberle preocupado la
suerte de este pobre gato? No, lo que es a mí, no
me cogían, qué va. Así se lo hice saber luego a
Concha, cuando nos reunimos a cambiar impresiones, después de la sesión, en la cámara privada
de nuestra protectora y hada madrina, la ilustre
generala doña Loreto, viuda de Malagarriga. ¿Que
aquellas comunicaciones, advertencias y pamplinas provenían, nada menos, del senador Lucas
Rosales? ¿Y por qué no, del Libertador Bolívar?
¿Por ventura, no tenía también el Libertador Bolívar algo que encargarme a mí? A otro con ese
cuento, por favor.

»La actitud de la Gran Mandona en esa oportunidad me resultó, sin embargo, de lo más des-
concertante. Yo me había ido a esperarla, como
de costumbre, en el dormitorio de Loreto, y allí
estaba, sentado en la butaquita verde-manzana,
junto al tocador, dándole vueltas en el magín a
aquel absurdo, cuando por fin llegaron ambas;
y como la amiga se quedara, discretamente, en
la antecámara —también, según costumbre— dispuesta a entretenerme con la radio, la llamé para
que estuviera presente: quería informar a las dos,
y al mundo entero si posible fuera, de que todo
aquello me parecía, sencillamente, i-dio-ta. Pero
la Gran Mandona ¡quién lo hubiera pensado! estaba todavía descompuesta del miedo. Con risas
e insolencias, a su manera; pero muerta de mie-

do. El temblequeo de la mano no había sido,
pues, broma. Era cosa de no creerlo. Yo, al
principio, me imaginé que intentaba hacerme la
comedia; y la hacía tan mal, por cierto, como
una actriz de barracón de feria. Casi le doy un
sopapo, para que se dejara de sandeces. Pero
¡qué!; era muy de veras: estaba muerta de miedo. Y cuando yo le grité que a santo de qué iba
a llamarme a mí el senador Rosales, ni en qué
cabeza humana cabía eso, me miró estupefacta,
como si yo fuera un insensato, y asumiendo de
pronto, con negativo énfasis, el tono suave de la
más razonable benevolencia, me exhortó: —Mira,
Tadeo, créeme. Acepta ese aviso que has recibido, venga de quien viniere. ¿Cómo quieres expli-
carte con razones de este mundo los mensajes
que proceden del otro? Si el senador se ha dirigido a ti, por algo será. No desprecies su consejo,
no seas terco, no seas temerario.

»Hablaba con calma, casi con pena. La sacudí
por los brazos sin importárseme la presencia de
Loreto: —Pero ven acá, estúpida. ¿Cómo se te
ocurre... —Y ahí se me quedó cortada la frase:
era a mí a quien no se me ocurría nada, después
de tanto haberlo pensado. Me dirigí a la otra en
busca de apoyo: —¿No le parece, Loreto?

»Loreto giró una mirada vacía y temerosa, sin
contestar cosa alguna. Y entonces le pidió Concha: —Por favor, Loreto; vas a dejarnos solos
un momento, ¿eh, querida? —Es lo que ella estaba deseando: no había pasado aun medio minuto cuando ya empezaron a oírse al otro lado
de la puerta los ronroneos, quejidos y gruñidos
de la radio que, habitualmente, debían cubrir el
ruido de los nuestros.

»Pero esta vez no se trataba de eso. Dominando
a duras penas sus nervios, y haciéndome caricias
que me dejaban frío, emprendió con paciencia la
tarea de persuadirme. Y como quiera que yo no

me dejaba persuadir tan fácilmente con el empleo de sus recursos ordinarios, echó mano de las reservas apelando a algo que no podía decirme sin ambages. Desembuchó: que hasta hacía poco, la cosa no pasaba de ser un pálpito, y ella no había querido darme la alarma antes de estar segura; pero que los meros barruntos se habían convertido ya en indicios serios (y me harás el favor de reconocer que en estas materias las mujeres nunca nos equivocamos). ¡Por si quedara alguna duda, ahora venía el aviso del senador, un alma que clamaba venganza, a ponerse de nuestra parte...! ¡Revienta de una vez, caramba!, le grité. Y reventó: que en la cabeza de Bocanegra (ya sabes que él siempre obra a traición) se estaba cociendo nuestra pérdida.

»Me quedé estupefacto, se comprende. —Pero ¿por qué? —pregunté como un imbécil—. ¿Que por qué? —ella largó su risotada insufrible, echando una miradita a la cama. —¿Tú crees? —volví a preguntar, cada vez más atontado—. ¿Será posible? ¿Cómo? —¿Cómo? ¡Comiendo! —respondió, para aclarar en seguida—: ¡Ay, mi hijito! ¿No sabes tú muy bien que nunca falta quien insinúe un chisme, quien deslice una insidia?... —Me lo decía casi con aire de triunfo, la muy cretina; y agregó—: Mira, ¿quieres que te diga una cosa?: yo le he llegado a tomar miedo ya a la ambición de este títere de Pancho Cortina; una ambición sin límites, permíteme que te lo recuerde. Te lo repito, hay indicios serios, y no es tontería.

»Si lo que se proponía ella era quitarme el sueño, no puede negarse que lo consiguió: en toda la noche no alcancé a pegar ojo. Repasaba y desmenuzaba conocidos episodios en los que Bocanegra se había desembarazado —a traición, como ella dijo— de colaboradores íntimos, a quienes fulminaba él cuando más confiados estaban.

Y dándome vueltas en la cama, no podía yo apartar de la mente, sobre todo, el caso de Domenech, del que a mí me tocó ser testigo excepcional; más aún: en el que tuve personal participación —en compañía de Pancho Cortina, por cierto, o como acólito suyo— bajo órdenes expresas de nuestro jefe. —Es un ladrón —había sentenciado éste a la hora del desayuno; y el opulento director del Banco Nacional de Créditos cenaba ya esa noche en la prisión preventiva. Domenech salvó el pellejo; sí; pero sólo para padecer la irrisión de su caída, y pasear su destituida indigencia por las calles, bares y cantinas de la capital, hasta que consiguió escapar, por fin, precariamente, al otro lado de la frontera. En una de las factorías holandesas trabaja hoy, sin meter bulla. Por lo que a mí se refiere, de ser ciertos los temores de Concha, no tenía que preocuparme por futuros empleos, para qué hacerse ilusiones... En la luna estaba Domenech un momento antes de detenerlo; y esta es la fecha en que todavía ignoro yo, alicate de Bocanegra, la verdadera razón de su desgracia. Si era verdad que me había llegado el turno, en ese aspecto por lo menos sabría bien a qué atenerme. Pero ¿qué fundamento tendrían en realidad los temores de la insensata? Durante mi insomnio, me desesperaba por no haberle exigido, ¡estúpido de mí!, que me precisara bien antes de separarnos cuáles eran los indicios esos de que hablaba, los hechos concretos, de modo que pudiera yo calibrarlos por mí mismo y formarme mi propia opinión.

»Así, lo primero que hice al otro día, apenas pude reunirme de nuevo con ella a solas, fue confesarla. Entonces, y en los días sucesivos, hasta hoy, me ha comunicado al detalle sus observaciones, sospechas, conjeturas, etcétera, que si no son tranquilizadoras, tampoco resultan inequívocas ni, por lo tanto, consienten esa otra especie de tranquilidad que, después de todo, le da a uno el estar seguro de lo peor.

»Ha sido una semana horrible. Por si Concha no fuera de ordinario bastante espinosa en su trato, los nervios la tienen ahora intratable, crispada. No había cosa que yo le objetara, a la que no respondiera ella con improperios, con groserías, con intemperancias; de modo que nos peleábamos por palabras, cuando tanta cuenta nos tenía ponernos de acuerdo sobre los hechos. Y otras veces, en cambio, quería hacerse la cariñosa —babosa, diría mejor—, con sobonerías que, si a mí me encocoran siempre, en circunstancias tales... También por ese lado salíamos reñidos, y lo que había querido comenzar en caricia terminaba en arañazo, o en puñetazo. Pero, de cualquier modo, estábamos uncidos, y teníamos que tirar juntos para adelante.

»Aun cuando la presencia de Bocanegra —a qué negarlo— me violentaba mucho, yo me aplicaba a espiar sus gestos, actitudes y miradas, y analizaba sus cortas palabras, dándoles cien vueltas para ver si detectaba algo; siempre en vano, sin que tampoco este resultado negativo me calmara, pues demasiado inocente hubiera tenido que ser yo para, conociéndolo, confiar en tales apariencias. Por otro lado, no era poco el trabajo que me daba afectar ante él naturalidad en medio de tantas incertidumbres. ¡Qué semana de infierno! Tan pronto se me ocurría que estaba perdido irremisiblemente, y pensaba que mi única salvación sería huir antes de que fuera demasiado tarde, desaparecer de la noche a la mañana, que me tragara la tierra, hacerme humo, en fin, como —por el contrario— me entraba de repente, y sin razón alguna una confianza loca en que todo eso no podían ser sino imaginaciones, e inclusive de que esa mujer, si no fingía, exageraba muy a sabiendas su miedo para inquietarme más, y dominarme mejor, y obligarme a hacer lo que ya se le había metido entre ceja y ceja. De nuevo me entraban sospechas sobre la autenticidad de la comunicación con el senador Rosales, que a ratos volvía a parecerme una patraña de todo punto increíble, pues ¿cuándo jamás se iba a haber ocupado don Lucas de este ínfimo gusano, ni siquiera para hacerme instrumento de su venganza, como ella argüía, a cambio de nuestra salvación?

»A esto hay que ponerle término; hay que buscar un remedio —vino por último a decirme ella, adivinando quizás que yo me acercaba al límite y no aguantaba ya más. —¿Qué remedio? —le pregunté fríamente, casi en tono de desafío. Me miró muy despacio; y, muy despacio, sin mirarme: —¡Ah! Eso es cuestión tuya —fue su respuesta; agregando—: ¿O acaso eres un mandria?

»En aquel instante la hubiera estrangulado. ¿Cuestión mía? ¿Era cuestión mía? ¡De modo que, cuando habíamos llegado a un punto en que no había quien desenredara el lío armado por ella, y donde yo me había dejado cazar como un estornino, cuando era necesario cortarlo, entonces, ahora, eso era cuestión mía! Vi rojo; y ella, que no es tonta, leyó en mis ojos. —Quiero decirte —se adelantó, afectando tranquilidad— que yo sola no podría hacer lo que tengo pensado, y es menester que tú... Dime: ¿no estamos unidos, tú y yo, para siempre ya, en la vida o en la muerte? —¡Habla! —corté, seco. Y me quedé aguardando, con los brazos cruzados. Era como una orden desapacible y amenazadora; y también, un poco ridícula si se quiere.

»¡Con cuánto aplomo sabía desenvolverse aquella condenada! Convencida, sin duda alguna, de que en efecto mi estado de ánimo había alcanzado el punto de saturación, estaba resuelta a proponerme sin más dilaciones el desenlace que ya tenía premeditado. Y como, por otra parte, mi

actitud no le consentía mucho juego, me confió
que la noche anterior se la había pasado cavilando sobre el problema, sobre nuestro problema, y no le hallaba otra solución sino quitar de
en medio, expeditivamente, a Bocanegra, antes de
que Bocanegra nos quitara de en medio a nosotros; que, en verdad, no nos quedaba otra alternativa, pues muerto el perro se acabó la rabia;
que era, después de todo, un caso de necesidad
extrema, de legítima defensa. En suma: bajo la
forma narrativa, y como si redujera a relato un
largo debate interior que hubiera sostenido consigo misma, me sirvió el texto que seguramente
había tenido intenciones de montar, dramatizado
con mi colaboración, a no mostrarme yo tan re-
fractario, tan cerrado, tan iracundo y tan hostil.
Esas perplejidades suyas que ahora me refería,
acerca de lo mejor, más segura y menos peligrosa
manera de acabar con Bocanegra, estaban prepa-
radas —y yo lo advertía bien al seguir su hábil
trazado— para haber ido surgiendo y presentarse oportunamente en el curso de una conversación
conmigo de la que esperaría sacarme, como Sócrates a su ignorante interlocutor, el resultado
que ya se traía prefabricado en su cabeza. Y ¿cuál
era ese resultado maravilloso? Pues que para eliminar la amenaza cernida sobre las nuestras —es
decir, para eliminar a Bocanegra— lo más conveniente era echarle yo en la bebida unos polvos
que ella tendría la diligencia de procurarme, de
modo que, agregado su efecto al del alcohol, hicieran eterno el sueño de su excelencia.

»Yo la detestaba oyendo su proposición, pero
mantenía impasible la cara de palo. Había terminado, y ahora estaba callada, escrutándome con
disimulada ansiedad. En el mismo tono de antes,
y siempre con los brazos cruzados, le ordené:
—¡Sigue! —Sigue ¿qué? —me gritó, furiosa. Yo,
con inalterable calma, le repliqué—: ¿Y luego?

»No le faltaba respuesta; también la tenía pre-
fabricada. Que ya ella había pensado en eso, aun
cuando de cualquier manera tampoco nos quedaba opción. La muerte repentina del presidente,
si bien implicaba cierto riesgo para nosotros, ale-
jaba por lo pronto el rayo que tan inminente
parecía. Y luego, ya saldríamos del hoyo; luego...
¿quién sabe? —Por mí misma, poco me importa
—mintió—; en cuanto a ti, queridito, tú eres hombre, y eres joven, y estás en un puesto desde el
cual algo, mucho puede hacerse para influir sobre
el curso de los acontecimientos, y quedar bien
situados, intervenir e influir en la solución del
problema sucesorio; más, conociendo por adelan-
tado lo que se viene encima, y cuándo. En fin,
¡Dios dirá!

»¡Dios dirá! Yo, por mí, nada quise decir de
momento; sólo que eso era un completo disparate. Pero ella no insistió más, segura de que me
dejaba con la idea en el cuerpo.

»Así estaban las cosas cuando ayer, martes, tu-
vimos otra vez jarana ultratelúrica. Me había prometido a mí mismo brillar por mi ausencia, para
demostrarles el caso que hacía yo de todas esas
patrañas. Pero llegada la hora consideré más prudente estar allí, y allí estuve. No quería que después me fueran a venir con cuentos; y además,
prefería dar la impresión de que el supuesto
encargo del senador lo había tomado yo como
una bagatela (al fin y al cabo, sus palabras habían
sido vagas y medio envueltas); y en todo caso,
deseaba cerciorarme de si insistía en honrarnos
con su presencia espíritu tan distinguido.

»No concurrió el senador; o, mejor dicho, sí;
pero lo hizo por interpósita persona; quiero decir, que comisionó a su hermano don Luisito, recién incorporado al gremio de los difuntos, para
que viniera a recordarme y convalidar su recado
de la sesión pasada. La medium era esta vez otra,

una nueva. Por su boca se anunció el doctor y, sin más trámites, me conminó a que no dudara, y cumpliera lo que yo sabía. Ya, sin pensarlo más: para que no haiga que lamentar nada. ¡*Haiga*, sí!

»Derribando la silla, me levanté, y salí como una tromba del cuartito oscuro. Era demasiado. Corrí a las habitaciones de Loreto, y me dejé caer en la butaca, con la cabeza entre los puños. Pocos minutos habían pasado cuando acudió Concha: la reunión se había disuelto por culpa mía, y ella, entre furiosa y alarmada, venía a pedirme cuentas. —¡Haiga! —le grité—. Haiga, ¿no? ¡Haiga, el doctor Rosales! —Pero ven acá, loco; escúchame —dijo ella, arrimándose. Me alcé, le di un empujón, y me fui para mi cuarto.»

## Veinticinco

¿Qué comentario merecería todo esto? Si no fuera por las consecuencias trágicas a que nos ha conducido, sería cosa de risa. Pero prescindamos de comentarios, por lo demás, inútiles, y continuemos copiando las memorias del increíble Tadeo. «Me metí en la cama, excitadísimo —prosigue—, y sobre todo rabioso, colmado por esta escena de última hora, casi entre puertas, con Concha sujetándome por la manga en la alcoba de la tal doña Loreto o doña Alcahueta. Maldecía la hora en que me trajeron a la capital y me envolvieron en esta vida y estas intrigas que tantos dolores de cabeza iban a producirme. Estaba cansado, agotado más bien, pero muy nervioso, y por eso tardé no sé cuánto tiempo en conciliar el sueño; lo concilié, pero dormí mal y, para colmo, tuve una pesadilla. Don Luisito, no contento con su mensaje de antes, vino a visitarme en sueños. Comparecía en realidad —así me lo expresó— para confirmarme y corroborarme, aun cuando no sin rectificaciones, precisiones y puntualizaciones, lo que la medium había declarado. A diferencia de la escueta rudeza con que se manifestara durante la sesión, el doctor se mostraba ahora en el sueño muy verboso, y muy dentro de su habitual estilo y manera. Me declaró que comprendía perfectamente mis dudas, porque esa medium (tú, con tu indefectible perspicacia, lo has de haber observado sin duda) es lo que yo llamaría una coprófaga consumada, y mal podría yo hablar por su boca. ¿Entiendes, Tadeo, cómo el uso de vocablos griegos permite a las personas cultas formular ciertos conceptos eludiendo la grosera elocución del vulgo? Coprófago: de *phagos*, el que come, y *kopros*, que expresa excremento. Pues eso es ella: una coprófaga. ¿Reconocías tú acaso mi lenguaje refinado en la rusticidad o, más exactamente, plebeyez de sus palabras? ¿A que no? Claro que no. Una completa inepta. Pero yo no tenía otro medio de hacerme oír, otro vehículo más idóneo, y tampoco podía andarme con remilgos, pues me importaba mucho comunicar contigo... El doctor traía un pañuelo de seda al cuello y, para poder hablar, se lo separaba con el dedo y estiraba el pescuezo. Yo le hice la broma de costumbre: le pregunté si es que lo estaban ahorcando; y a él le rebrillaron de ironía los ojos. Por primera vez me daba yo cuenta de que la broma le hacía gracia. Sin embargo, simuló ponerse serio para reñirme. —Esas son bromas de mal gusto, que no debes gastarle a quien te merece respeto, ¿me entiendes? Te lo paso, porque sé bien que lo haces sin mala intención, y que en el fondo me quieres. Pero parecería que no te interesa demasiado lo que he venido a decirte —añadió—; no me interrumpas más, por favor—. Interesarme, me interesaba mucho; no era eso; no es que lo hubiera interrumpido porque no me interesara; sino que no tenía prisa de escucharlo, y estaba seguro de que iba a decírmelo de todas maneras. En sustancia, me lo había dicho ya: venía a confirmar, etcétera. Y así, cuantas veces volvía a hablarme, otras tantas lo interrumpía yo. Hasta que por último, me dice: *Au revoir;* y

me saca la lengua, larga, larga, de lo más chisto-
samente. Ahí termina mi sueño.

»Puesto así en palabras, como si fuera el relato
de algo sucedido, la significación de todo ello
cambia; ya es otra cosa. Contar un sueño es siempre falsificarlo: el sueño contiene ciertos elementos que no se pueden describir; y en esos detalles
inexpresables, en las proporciones —digamos—
ligeramente alteradas de la cabeza y miembros,
en la proximidad excesiva o el excesivo aleja-
miento, en una particular debilidad de la voz, en
la longitud poco natural de una pausa, es donde
está todo el busilis. ¿Por qué la visita del doctor
tuvo que causarme una impresión cómica —tanto, que me desperté riendo— y, a la vez —lo
cual resulta contradictorio—, me hundió en una
especie de aura desoladora y casi ominosa, tan
profundamente desagradable? Me desperté riendo, pero angustiado. Y en seguida empecé a sentir dolor de cabeza.

»Amanece uno un día con dolor de cabeza, se
levanta de mal temple, con el pie izquierdo, y ya
puede decir que está fregado para la jornada
entera. Eso es lo que me ha ocurrido a mí hoy.
Apenas salí de mi cuarto, y mientras me tomaba
el triste café en la oficina, me dio por cavilar que
cuanto yo hago, digo, pienso, procuro, maquino,
deseo y proyecto en este mundo carece de sentido; que mi existencia —no esto ni lo otro, sino
mi existencia misma— es toda ella un puro disparate. ¿Qué razón puede haber —me preguntaba
entre sorbo y sorbo— para que yo, Tadeo Requena, el hijo de la difunta Belén Requena, ilustre
matrona del poblado de San Cosme, esté aquí,
sentado en esta oficina, dentro del Palacio Nacional, frente a la Plaza de Armas, y tenga a mi
cargo la Secretaría particular del presidente, dis-
poniendo y vigilando el trabajo de unos empleados bajo mis órdenes, y deba guardarle el aire

a Bocanegra, y luego, como una más entre mis
tareas de rutina, acostarme a escondidas con su
mujer, por nada, porque sí; y esto hoy, y mañana,
y siempre? ¿Para qué, todo ello?... Claro que
estas ideas, ya lo sé, eran efecto del mal sueño, y
de no hallarme en mi centro; la náusea que me
producía el café medio frío preparado por el conserje, no tenía otra causa; pero el hecho es que
sentía asco de todo, de todos, y de mí mismo
para empezar. Y como no me aguantaba, como
no podía soportarme, en lugar de seguir atado
a la noria, eché escaleras abajo y, sin prevenir a
nadie, me salí hasta la calle. Sin rumbo, por supuesto; para ver si de ese modo se me despejaba
un poco la cabeza.

»Mas en seguida me di cuenta de que no estoy
acostumbrado a andar así, como la gente suele
hacerlo, por el mero gusto de pasear. Aborrezco
tropezarme con los majaderos que saludan, o que
no saludan. Y luego, eso de ir como un bobo, sin
dirigirme a parte alguna, si es que constituye un
placer, yo lo había olvidado, o nunca lo supe. Lo
había olvidado; en cierto modo, eso era para mí
San Cosme, y ya lo había olvidado... Pasé por
delante de La Aurora y vi de refilón que, desde
tan temprano, unos cuantos ociosos se encontraban instalados tras la vitrina. Dudé si entrar también yo, y sentarme; pero ¿qué tomaría?; y mientras lo dudaba, seguí de largo; ya no era cosa de
volver sobre mis pasos; no valía la pena. Además, notaba dentro de mí un impedimento. ¿Que
qué es un impedimento? Pues ¡vaya usted a averiguarlo! Algo que me trababa, que me pesaba,
que me empujaba, que me retenía, que me... Todo
era tan extraño... Esas calles, esas tiendas, la
gente misma que mira, medio distraída; todo.

»Me acudió a la memoria, como un moscardón,
el recuerdo de mi primera entrada en la capital,
metido en aquel jip de la Policía, con Pancho

Cortina. Sólo otras dos veces (yendo y viniendo a toda prisa, no hacía mucho, cuando el suicidio del doctor Rosales, y también en automóvil) había vuelto yo a atravesar la ciudad, igual que se corta una fruta, desde el centro hasta el campo. Ahora era distinto: repasaba la misma película, pero muy lenta, mortal. Yo andaba, y andaba y andaba, como en un sueño; como si todavía estuviera soñando. ¿Estaría soñando todavía? ¿Sería quizá esto otra fase de la misma pesadilla? Me lo pregunté al salir de pronto, cuando más distraído iba, que me agarraban del brazo. Pues me vuelvo, y ¿quién era? ¡Angelo! Angelo, sí; que muy pegado a mi cara, alborotaba con sus gruñidos familiares, abierta de par en par la bocaza idiota, y muy chiquitos sus ojillos risueños de ratón. Di un repullo. —Qué susto me has dado, estúpido —le increpé. Me había asustado al tirarme del brazo; yo andaba por las nubes. Desde ellas, caí en medio de un mercado, junto a este imprevisible, junto a este absurdo Angelo. Por encima de su hombro, detrás de su cabeza, se veían camiones de reparto, puestos de legumbres, de verduras, de cebollas, de especias. Olía a pescadería, a agua sucia. Y yo no podía quitarle la vista a aquel Angelo que se me había aparecido hecho un completo desastre, todo roto, mugriento, greñudo, y con los cañones de la barba sin afeitar. Parecía un mendigo. No parecía: era un mendigo. Se mantenía prendido siempre a mi brazo, y me zarandeaba; se reía, contentísimo, mientras con la otra mano, abierta, figuraba alternativamente el ademán de pedir y, en seguida, apiñando las yemas de los dedos para llevárselas a la boca, el que significa hambre. Y no me soltaba.

»No, no era ningún sueño. ¡Maldita idea, la de salirme a andar sin asunto, por calles y mercados donde nada se me había perdido! Me sentía tan

vejado como se sentiría una mosca en la telaraña.
Eché entonces mano al bolsillo, y puse en la de
Angelo un puñado de monedas, rescate de mi libertad; con lo cual, señalando hacia la puerta
de una cantina en la acera de enfrente, él se alejó
de mí a toda prisa. No menos rápidamente me
separé también yo, dispuesto a regresar hacia el
centro y refugiarme de nuevo en mi covacha. Pero
no había alcanzado todavía la esquina cuando
me volví a buscarlo de nuevo con la vista. Qué
impulso me movió, lo ignoro; pero el hecho es
que me volví. Allí estaba él, entretenido ahora en
inspeccionar lo que un muchacho hacía con las
ruedas de su bicicleta. Me acerqué: —¡Angelo!
—y él me escrutó algo asustado—. Angelo, ven
acá —le dije. Esta vez, era yo quien lo tomaba
a él del brazo; y él, tranquilizado de repente, se
abandonó a su incómoda, alborotosa alegría. Iba-
mos andando, y me preguntaba yo a mí mismo
hacia dónde, y para qué; no sabía, en realidad,
qué hacer con aquel bobo. Llegamos a una pla-
ceta polvorienta, y fuimos a sentarnos en un banco de piedra, bajo un macizo de escuálidas pal-
meras. —Angelo —le interrogué—, ¿dónde es que
tú vives ahora? ¿Dónde te acuestas por la noche?
¿Dónde duermes? —El muy pícaro me entendía,
¿cómo no?; pero, con sus risas de siempre, quería hacerse más tonto de lo que era. Emitía
sonidos trabajosamente, como si intentara con-
testarme a su manera; pero estoy convencido de
que se burlaba de mí, y fingía el esfuerzo, cuando
la verdad es que no le daba la real gana; y eso lo
estaba leyendo yo en el fondo de sus ojillos rato-
niles: malicia de tarado, caramba. Tanto que comencé a enfurecerme. Le agarré la muñeca, y me
puse a apretar duro: —Ahora mismito vas a decirme en qué agujeros te metes, grandísimo pen-
dejo—. Pero al muy bellaco le dio entonces por
quejarse y empezó a armar toda una alharaca,

dándome a entender que le había hecho daño, cuando la cosa no había sido en verdad para tanto, ni mucho menos. Me miraba con el ceño fruncido, y gruñía reproches.

»—¡Ven acá, Angelo! —le susurré ahora muy mansamente, pues de golpe, la *tristitia vitae* me había invadido. Sus ojillos astutos me estudiaban; pero yo no agregué nada más. Sentados el uno junto al otro en el banco de piedra, pasamos así todavía rato y rato; hacía tremendo calor, bajo las nubes cargadas, y yo no sabía qué hacer, ni me quedaban ánimos para decidir nada, para pensar en nada... Me dolía la cabeza: cuando regresara, o por el camino, al pasar delante de alguna farmacia, me tomaría una aspirina.

»Se acercó un perro, merodeando alrededor nuestro; y Angelo, con notable presteza, se apoderó del animal, para mostrármelo, triunfante. A mí me desagradaba ver cómo se debatía entre sus brazos, en la desesperación de escaparse. —Suéltalo, asqueroso —conminé. Y él lo soltó, muerto de risa con el espectáculo de su fuga a través de la plaza polvorienta.

»—Vámonos, Angelo —le dije por fin. Volvimos a caminar. En una confitería del barrio le compré dulces; le di un poco más de dinero—. ¿Tú andas siempre por el mercado ese, Angelo? —le pregunté al separarme de él. Y él me respondió con repetidos, demasiado insistentes, gestos afirmativos: que sí, que sí. ¡Cualquiera sabe! »

Otra vez se interrumpen aquí las memorias de Tadeo, y ahora queda el relato definitivamente cortado. El joven secretario no escribiría más hasta la noche en que murió Bocanegra, y en que él mismo iría en seguida a reunirse con su jefe en el otro mundo. Pero esa noche todavía encontró tiempo, antes de abandonar éste, para dejar redactadas unas cuantas hojas más: las últimas.

## Veintiséis

Durante mi conversación con tía Loreto, de la que adelanté ya alguna noticia, hubo de quedar flotando en el aire, como quizá se recuerde, un pequeño problema de novela detectivesca, cuya clave por rara ventura poseo. El problema era éste: doña Concha, la presidenta, comunica a su amiga íntima y pariente mía que Tadeo acaba de asesinar a Bocanegra; pero sólo *después* de formulado este anuncio suena el disparo que había de dejarnos huérfanos de presidente... ¿Eh? Si me propusiera yo escribir esa novela de misterio desplegaría toda una serie de hipótesis ingeniosas, como posibles soluciones alternativas, antes de resolverme a ofrecer la verdadera a la voracidad del curioso lector; pero como no se trata aquí de novelas más o menos entretenidas, sino de establecer los hechos históricos, debo apresurarme a informarlo, mediante documentos fidedignos, escuetamente, de lo que en verdad aconteció.

Decía que he llegado a saberlo por una venturosa casualidad. Ni yo ni nadie hubiera conocido nunca el detalle íntimo del drama si el propio traidor no se encarga de consignarlo por escrito con destino a la posteridad, de la que yo me estoy haciendo ministro. La noche misma del crimen, y mientras se aproximaba el desenlace —¡increíble aplicación literaria la de nuestro cumplido secretario de la Presidencia!—, solito en el silencio de su oficina, garrapateaba el joven Tadeo, acuciosamente, páginas que debían quedar sueltas sobre su mesa, y que esa rara casualidad, cuyo nombre propio mencionaré luego, se encargó de traer a mis manos pecadoras, juntas con todo el resto del manuscrito, tan explotado por mí para la preparación de este trabajo.

«*Consumatum est!* —clama Tadeo al comienzo de sus páginas postreras. Y aclara—: Ya todo está hecho; no tiene remedio. La recepción, tan brillante como de costumbre, ha terminado; se han retirado a sus casas los invitados, dignatarios diversos, civiles y militares, miembros del cuerpo diplomático, escritores, hermosas damas y apuestos caballeros; y, en seguida, casi de repente, el silencio ha inundado el palacio, y la ciudad entera. Con la sangre cargada de alcohol y de cansancio, cada cual por su lado, duermen ahora todos en el olvido de cotidianas miserias, afanes y temores.

»Todos, menos yo. Sólo yo, aquí, velo, porque sólo yo sé qué día tremendo será el de mañana. Los periodistas mismos, después de entregar a la imprenta su habitual reseña melosa de la fiesta, descansan tan tranquilos, sin sospechar el ajetreo, la áspera sensación que la próxima jornada les reserva. Pero yo, que estoy al tanto, espero.

»Y ella también. También ella, simulando el sueño, aguarda, entornados los ojos, al lado suyo, hasta que el corpachón dormido y abotargado de Bocanegra empiece a agitarse en los estertores de la muerte que con tanto cuidado le ha preparado la mano amantísima de su cónyuge, y que yo, su secretario particular, su protegido, su hom-

bre de confianza, le he servido disuelta en la
bebida.

»Sí, ya se habrá quedado satisfecha ella: cumplido está lo que tanto anhelaba. Y la cosa ha
sido, por cierto, muy fácil; en eso tenía razón;
hasta demasiado fácil: una vez agregado el líquido —líquido por fin, no polvos— a la garrafa de
su aguardiente, él mismo se administraría las su-
cesivas tomas al reclamarme con la mirada — según su costumbre— un vaso tras otro. Y él mismo declaró por último que la dosis había sido
más que suficiente cuando —también según costumbre vieja— empezó a dar señales de pesadez
en los párpados, en la lengua, en la mano, esas
señales consabidas, a cuyo toque de retreta obe-
decían siempre los convidados, y algunos de ellos
con diligencia tanta que hasta se marchaban sin
despedirse del anfitrión, considerando ocioso, o
incluso impertinente en su estado, cumplir el
mundano requisito. No imaginarían anoche esos
comedidos que desperdiciaban así su última oportunidad de estrechar la mano del presidente Bocanegra. Yo, por mi parte, lo acompañé a su cuarto
como quien...

»Ay, si esa mujer leyera mis pensamientos, de
seguro se reía de mí. Y ¿no los adivina acaso?
Me parece oírla, oír su tono burlesco: ¡Mandria! Con ella no hay quien pueda. ¿Cómo será
capaz esa fiera, me pregunto yo, de mantenerse
ahí agazapada junto a su víctima, aguardando a
ver si los efectos del líquido son tan infalibles
como le han prometido?... Bueno; yo, por mí, ya
hice mi parte, y ahora sólo me toca esperar. Hasta que ella no dé el grito de alarma convenido
para poner en movimiento la tramoya y comenzar la farsa, tengo que estarme aquí. Pero ¡qué
largo se hace el tiempo! ¡Qué lentos son los minutos, qué perezoso el reloj en las horas de la
noche! A lo mejor, la han engañado, le han ven-

dido *acqua fontis* en lugar de veneno, y mañana
la carcajada va a ser homérica. Aunque lo dudo:
¿engañarla a ella? No. Lo que puede haber ocurrido es que también ella le tenga miedo a lo
mucho que falta por hacer, y se esté concediendo
un respiro; y todavía no se anima a levantar el
telón. En el fondo, nadie es tan fuerte como pretende; y acaso en estos momentos está ella sentada junto al cadáver, o parada en la puerta, sin
atreverse a desencadenar la acción que con tanto
cuidado ha previsto. Por otro lado, quién sabe si
Bocanegra habrá pasado, o pasará, directamente
del sueño de la borrachera al de la muerte, o si,
a pesar de lo que aseguran, una agonía cruel...»

Aquí, a mitad de página, se corta en seco la
divagación de Tadeo. Los puntos suspensivos soy
yo quien los ha añadido; en el manuscrito no
figuran; esa hoja se quedó sin terminar. En cambio, otra hoja aparte acude a explicarnos después
—¡bajo tales circunstancias y en aquellos momentos: singular manía!— todo lo que a continuación había ocurrido. Había ocurrido que, en lugar
de los gritos convenidos y esperados, mediante
los cuales debía ella alborotar el Palacio pidiendo
socorro tan pronto se resolviera a descubrir la
muerte, supuestamente repentina, de su marido,
lo que Tadeo oyó, lo que sacó a Tadeo de sus
morosas reflexiones, fue el timbre que Bocanegra
tenía instalado en su mesilla de noche para, desde su cuarto, llamar al secretario cuando se le
antojara. No hay que decir con qué inmenso sobresalto éste, que ya lo daba por muerto, sentiría
la llamada de su jefe: una llamada de ultratumba. Aunque reflexionó de inmediato que era ella;
que ella, Concha, y no Bocanegra mismo, tenía
que ser quien desde allí oprimiera el botón; y
en esta confianza acudió en seguida para ver qué
pasaba...

No; ni era manía, ni tampoco una pueril preocupación literaria que, en la ocasión, hubiera
resultado demasiado inconcebible: sino que el
joven Requena, sospechándose cogido en una
trampa de la que tal vez su instinto le había
prevenido aunque en vano, quiso, a todo evento,
dejar esas líneas donde constan de su puño y
letra los hechos decisivos, con lo cual, si su aprensión resultaba cierta, podrían servir de prueba
acusadora contra su cómplice, y vengarlo. La aparición oportuna de esos papeles explotaría como
una bomba llegado el momento. Que fueran a
caer, como cayeron, en poder de quien los de-
tentaría medrosamente hasta pasármelos a mí era
algo imprevisible y que en manera alguna inva-
lida sus cálculos, correctos en principio. De todos
modos, y aunque ya no haya lugar a darles curso
procesal en los tribunales de justicia —pues ¡buenas están las cosas para lindezas tales!—, pres-
tarán al menos testimonio ante el más alto tribunal de la Historia; y, por su parte, la Historia
misma lo ha vengado ya sin necesidad de ellos.

«A toda prisa acudí al dormitorio del Presidente —concluye Tadeo su relato—; pero, en vez de
encontrarme allí a Concha, como no dudaba que
la encontraría, pues estaba seguro de que era
ella quien por alguna razón me llamaba, con quien
me enfrenté fue con el propio Bocanegra, visión
mortal, medio incorporado en la cama. Sentí que
mi expresión se ponía tan cadavérica como la
suya: me quedé pasmado, en el marco de la puerta. Muy despacio, muy bajito, fatigosamente, pero
sin quitarme de encima aquellos ojos, me dijo:
—Ella misma, ¿sabes?; ella misma me lo ha contado todo. Me lo ha contado no más para que,
antes de reventar, ¿sabes?, pueda llevárteme por
delante. —Se detuvo a tomar aliento, y agregó,
ronco—: Pero yo no voy a matarte, no. ¡Vive,
desgraciado! —Rebuscó bajo la almohada ara-

ñando la sábana con sus uñas sucias, agarró ávidamente la pistola y me la tiró con asco. Yo la alcancé en el aire. La contemplé un momento, alcé otra vez los ojos, y en seguida (ni sé siquiera cómo me vino la idea; quizá para librarme de su mirada) le encajé un tiro. Su cabeza golpeó contra la pared. Y yo entonces me volví hacia el pasillo, esperando que Concha —¿dónde se habría metido ésa...?— apareciera por fin al ruido del pistoletazo.

»Pero no apareció. Ni tampoco voy a buscarla ahora; ¿para qué?; ya no tiene objeto. Me vuelvo a mi oficina, y dejo en este papel noticia de lo sucedido, cosa de que el cuento no quede descabalado. Mi disparo, después de todo, no ha hecho más que precipitar la muerte que ya Bocanegra tenía dentro del cuerpo; quizá, ahorrarle sufrimientos; despenarlo.»

Estas son las últimas palabras que Tadeo Requena escribió. El resto del cuento, como él le llama (los cuentos de la realidad quedan descabalados siempre), se conoce, y sólo a medias, por diversas fuentes complementarias. Algunos datos me ofreció, recuérdese, mi tía Loreto. Y ahí está todavía Pancho Cortina que, si le diera la gana, podría ilustrar hasta el menor detalle de los muchos que faltan. Se sabe, por ejemplo, que doña Concha lo llamó por teléfono, aunque se ignora lo que previamente tuvieran tramado ambos; se sabe que acudió él, dejando abajo a sus guardaespaldas; se ignora por qué. Se ignora lo que hizo arriba hasta encontrar a Tadeo; se ignoran las palabras que entre ellos se cruzaran, si las hubo; se sabe, sí, que el otro no pensó o quizá no tuvo tiempo de defenderse...

Veintisiete

Pero ya va siendo hora de revelar quién me proporcionó ese manuscrito de Tadeo Requena, pieza maestra de la presente historia. Fue Sobrarbe, el oficial administrativo que trabajaba a sus inmediatas órdenes en la Secretaría particular de la Presidencia. Sobrarbe, sencillamente; y en esto, como se verá en seguida, no hay misterio alguno.

Conviene aclarar por de pronto —aunque tales circunstancias de índole doméstica y privada carezcan en sí de importancia— que Sobrarbe se hospeda en la misma pensión donde yo vivo desde hace ya quién sabe cuánto tiempo: la pensión Mariquita (y bien que este nombre le encaja al tal Sobrarbe, dicho sea entre paréntesis); una casa, por lo demás, acreditada, bastante aceptable, en realidad, para lo que suelen ser las pensiones, y que a mí me conviene por más de una razón: en primer lugar, porque ahí tengo una pieza en la planta baja, contigua al comedor, lo cual me resulta no sólo cómodo, sino casi indispensable dadas mis condiciones físicas, con el sillón de ruedas y demás impedimenta; luego, porque está situada en lugar céntrico, a dos pasos del café de La Aurora; y en fin, porque me tienen consideración en el precio, habida cuenta de mi

antigüedad, y no me ahogan si alguna vez he
tenido que retrasarme en los pagos... También
Sobrarbe, soltero *et pour cause* (si bien muy distinta de la mía), es allí uno de los huéspedes
inmemoriales. Y aunque, a pesar de ello, nuestra
relación no había pasado jamás de los corrientes
y obligados buenos días, buenas noches, más alguna que otra parrafada muy de cuando en cuando (sin perjuicio, como es inevitable, de estar
recíprocamente al tanto de nuestra vida y mila-
gros respectivos), ahora, en los tiempos azarosos
que vivimos, se abandonan más los formalismos,
se acortan las distancias y la gente se acerca, para
bien o para mal; y así ocurrió con Sobrarbe,
quien, al enterarse de que mantengo trato fre-
cuente —los rumores, que yo nunca desmiento,
pretenden calificarlo de íntimo— con el viejo
Olóriz, cuya imprecisa importancia, o influencia,
dentro de la política actual, no deja tampoco de
susurrarse, vino, entonces y no antes, a confiár-
seme en la cuestión del manuscrito.

Yo, por supuesto, lo acogí encantado, sin trans-
parentar mi sorpresa ni mi interés; pero eso sí,
que se dejara de pamplinas: ¡bueno soy yo para
que quiera nadie contarme cuentos de hadas! Al
fin, Sobrarbe es un inocente, y no me costó gran
trabajo hacerle largar cuanto traía en el buche.
Se reduce a esto: que, habiendo encontrado, des-
parramadas sobre la mesa de su jefe, y leído
—¡cómo no!— las hojas escritas a última hora
por Tadeo, decidió, en vista de su asombroso
contenido y del contexto general de la situación,
incautarse de esos papeles comprometedores;
ítem más: arramblar de paso con el mamotreto
que no tardaría mucho en descubrir dentro de la
gaveta. Había llegado allí tan campante, orondo,
feliz y contento como cada mañana; y, aunque
algo inusitado notó ya al atravesar el patio, sólo
arriba supo, y lo supo de labios de un ujier, todo

lo que había ocurrido, con su enorme gravedad:
que, en las altas horas de la madrugada, el señor
Requena le había pegado un tiro a su excelencia
estando éste en la cama —y Sobrarbe subrayaba
con su mirada maliciosa las implicaciones atribui-
das por él al lugar y hora—; a raíz de lo cual, el
coronel Cortina, quien, muy oportunamente, había caído también allí como llovido del cielo, des-
pachó en dirección opuesta al asesino, acribillán-
dolo a balazos. (Todavía podían verse ahí, en
efecto, las manchas de sangre.) De manera que
en aquel momento había en la casa dos cadáve-
res, por falta de uno; y a poco son tres: pues
por su parte el coronel Cortina se había roto el
coco al bajar las escaleras, y privado de conocimiento se lo llevaron en busca de primeros auxilios. —Imagínese, señor Pinedo, el desorden que
había en Palacio... Pero no vaya a creerse: cuando digo desorden no quiero dar a entender barullo, ni gritos, ni prisas; nada de eso, sino más
bien desorden moral: una especie de estupefacción, un desconcierto y un pánico que se mani-
festaba en forma negativa: mucho silencio, mucha
cautela, disimulo... La misma presidenta —es natural, pobre señora, tras de tantísima desgracia—
parece que no daba pie con bola... Entonces yo
—prosiguió Sobrarbe— me prendí al teléfono
como el tierno recental a la ubre materna para
avisar a mis dos compañeras de oficina, impo-
nerlas de lo ocurrido y recomendarles que si no
querían, no vinieran, pues aquello iba a resultar
un poquito fuerte para sus delicados nervios;
vinieron, claro está; la curiosidad pudo más; pero
entre tanto yo, que ya antes —y no por curiosidad, sino por sentimiento del deber— había ins-
peccionado la mesa de mi recién extinto superior
jerárquico, y casi me caigo de espaldas, señor
Pinedo, se lo juro, cuando leo... Bueno, en vista
de aquella barbaridad, escondí, raudo, esos pape-

les y me puse a rebuscar los cajones de su mesa
(sin necesidad de forzar cerraduras, pues la llave
estaba puesta), hasta dar por fin con este montón
de pliegos en cuya escritura trabajaba él siempre
cual hormiguita hacendosa, sin que yo hubiera
conseguido jamás echarles un vistazo, y me creí
en el caso de poner a salvo... —Con los demás
recuerditos de Tadeo —completé yo, sonriendo.

No esperaba, la verdad, que mi lance tendría
tan fulminante resultado. Sobrarbe enrojeció, el
muy incauto, hasta las cejas, y me echó una mirada de espanto, como el ratero a quien sorpren-
den en plena operación; calló un momento, sin
saber qué decirse, y luego retribuyó mi risita
aviesa con otra, falsona y cómplice. Pero ¡que no
esperara ya escaparse de entre mis garras! Quie-
ras que no, medio titubeando, le saqué del cuerpo
su pillería; tuvo que confesármelo: entre otras
cosas de poca monta, Requena guardaba en su
oficina, dentro de preciosa cajita metálica, cierta
suma de dinero, una bonita cantidad, sus ahorros
probablemente (qué no iba a ahorrar, con la vida
de fraile que llevaba, recluido en Palacio, a mesa
y mantel: sus sueldos casi completos), y el muy
palurdo los juntaba ahí, en billetes, acumulados
uno sobre otro, de cuyo depósito Sobrarbe se había declarado a sí mismo con celosa diligencia
heredero universal y beneficiario único, si bien
ahora se mostraba dispuesto —¡conmovedor des-
prendimiento!— a transferírmelo, en unión de
los manuscritos, pues todo ello lo había retenido
sólo por motivos de elemental seguridad y con el
ánimo de evitar que pudiera extraviarse. Por lo
tanto, a mi juicio se sometía; que yo decidiera.
Después de todo, el señor Requena no tenía, al
parecer, parientes, ni tampoco amigos; así es
que...

Ante confesión tan general, le otorgué a Sobrarbe indulgencia plenaria. Para él era un compro-

miso poseer tales cosas —digo, los manuscritos—,
y en cuanto al dinero, que por su naturaleza
resulta difícil de identificar, sobre todo si se lo
maneja con prudencia, podríamos siempre hallar
una solución adecuada a las circunstancias del
caso y a los tiempos que corren. Lo importante
ahora eran los papeles. Se quedó muy contento de
entregármelos a mí, y, supongo, espero que en-
tendió cuánto le convenía ser discreto; aunque
con personajes de esa calaña nunca se está demasiado seguro.

Veintiocho

¿Hasta qué punto interviene el factor azar en la Historia? He aquí un lindo tema de disertación académica, el enunciado para la tesis doctoral de un graduado en Filosofía y Letras. Su cuestión podría conectarse en seguida con el papel atribuido a la nariz de Cleopatra, con el concepto de Fortuna en el Renacimiento, y con ese misterioso *quid* al que en la vida cotidiana de cada uno llamamos suerte, su buena o su mala suerte, y que, dígase lo que se quiera, en cuanto a existir, ¡vaya si existe!

Pero éste sería más bien asunto para filósofos de la Historia, no tanto para un modesto historiador. El historiador recoge los sucesos tal cual se los encuentra, y ¡adelante! Con tal que de alguna manera influyan en el curso general de los acontecimientos, no tiene por qué meterse a averiguar si son imputables a Dios o al diablo... Suerte, casualidad, o acaso que el inconsciente, al que hoy todo se le achaca, quisiera jugarle esa mala pasada, lo cierto es que la caída de nuestro elegante coronelito, rodando escaleras abajo después de haber ultimado a Tadeo, jugó papel muy decisivo en la historia de nuestro país. En presencia de esa cabeza rota, estaría justificado el

cronista que se permitiera una parrafada más o
menos lírica, elegíaca, acerca de la suerte ciega
o, si lo prefería así, pues esto va en gustos,
acerca de los inescrutables designios de la Providencia divina. De cualquier modo, el hecho —y
yo a los hechos me remito— es que este accidente
merece bien el calificativo de fatal, y el de fu-
nesto. Estuviera o no Pancho Cortina complicado
en las intrigas de la primera dama, lo cierto es
que, dada la posición a que ya había llegado, con
todas las fuerzas del orden público en un puño,
y para colmo prestigiado ahora como un ángel
vengador del presidente, ¿quién podía toserle? El
era a todas luces, y aunque detrás no hubiera
maquinación alguna, el árbitro indisputado de la
situación y, con toda seguridad, el sucesor de Bocanegra al frente del Estado.

Así, pues, tras de haber exterminado con su
rayo de la muerte al traidor Requena, nuestro
héroe se apresuraba escaleras abajo, corriendo
alegremente en pos del que sin duda alguna consideraba su inequívoco y brillantísimo destino;
cuando su precipitación misma le hizo precipitar-
se de cabeza: resbaló, rodó... y al otro día volvió
en sí de la conmoción cerebral sufrida para encontrarse en una cama del hospital o, más exactamente, de la pequeña enfermería en prisiones
militares, donde —con todos los honores y consideraciones de su grado, eso sí— estaba detenido
e incomunicado por superior disposición.

¿Por superior disposición? ¿Qué significaba
eso? Claro está que, al principio, no entendía
nada; ¿cómo iba a entender? No podía imaginarse siquiera que, mientras él flotaba en el limbo,
se había constituido una Junta de Defensa del
Pueblo integrada por delegaciones de las clases
de tropa, y que, por último, a toda prisa, acababa
de asumir el mando supremo, en representa-
ción de las Fuerzas Armadas, un triunvirato de

sargentos. Que uno de ellos fuera su propio subor-
dinado, el sargento mayor Falo Alberto, del primer escuadrón de la Policía Montada, fue cosa
que, sin duda, debió dejar a Pancho Cortina cavilando entre sus algodones y vendajes...

Aunque asombrosos, estos sucesos no resultan
oscuros, sin embargo, ni en su génesis, ni en su
manifestación, ni en su proceso: el historiador
posee todos los datos para, llegada la oportunidad, organizarlos dentro de un relato congruente
y claro, desde la tormentosa sesión del gabinete,
espontáneamente reunido en Palacio al cundir la
noticia del asesinato de Bocanegra, hasta el momento presente: la disputa surgida en aquella
reunión ministerial de emergencia, con secuela
de insultos, bofetadas y puñetazos entre los miembros del gobierno a consecuencia de la rivalidad
siempre latente hasta entonces en su seno entre
los subsecretarios de Infantería y de Aviación; el
escándalo indescriptible; las amenazas más o menos públicas y el conflicto armado; los esfuerzos
mediadores del arzobispo, maniobrando para restituir las aguas a su cauce o, según versiones ma-
liciosas, para llevarlas a su molino; los actos de
violencia que, de modo esporádico, empezaron
a surgir; la insubordinación de los cuarteles, con
el increíble espectáculo de desconcierto e impo-
tencia de la oficialidad; en fin, la proclamación
del estado de guerra por decreto del directorio
o triunvirato que las clases de tropa habían puesto al frente de su famosa Junta de Defensa del
Pueblo...

Ese fue el despertar de Pancho Cortina: detenido e incomunicado por superior disposición del
tal Falo Alberto, y de otros dos sargentos perfectamente desconocidos: Tacho Salpicón y La Bestia. De modo que, mi coronel, ¡a cicatrizar con
paciencia! Y, sobre todo, joven, ¡a no moverse!
Moverse es peligroso en su estado...

# Veintinueve

Pancho Cortina no es hombre de mucha paciencia, ni puede creerse que se quedará quieto por demasiado tiempo. Tanto más que, en la situación a que hemos llegado, cuantos alientan en alguna medida esperanzas razonables —y mientras hay vida, hay esperanza— tienen que cifrarlas, siquiera sea por exclusión, en esta figura, ya desde antes prometedora, o amenazadora y temible si se quiere; pero ¿hay acaso tanto donde elegir? Así, pues, en el curso de mi conversación con Loreto...

El relato de esa conversación se me quedó entonces por la mitad, y no voy a volver ahora sobre él, porque eso sería el cuento de nunca acabar. De otra parte, repasando mi escrito me percato de que, a fin de cuentas, no he conseguido reflejar con fidelidad sus términos. Ni quizá podría conseguirlo por más que me esfuerce: entre las infinitas cosas que la buena señora deja caer en su charla con esa manera tontona, insustancial y deslavazada que le es propia, yo, inevitablemente, selecciono siempre, según mi peculiar interés, tan sólo aquello que tiene alguna punta; con lo cual parecería —y no es cierto— que mi parienta política fuera persona de relativa agudeza, y que

sus apreciaciones comportaran más intención de
la que ella es capaz de darles. Mejor será, por esto,
limitarme a extraer, si acaso, el resultado de mis
sondeos, averiguaciones o investigaciones de historiador, prescindiendo de las palabras vagas en
que vinieron envueltos. Después de todo, esto que
hago aquí no es sino mera colecta de datos, sobre
cuya base podrá levantarse luego el edificio histórico que planeo.

Retendré, pues, y consignaré, abreviado, lo que
para tal finalidad importa, y en particular lo re-
lacionado con dos personalidades que desempe-
ñaron, desempeñan y quizá desempeñarán papeles
de primer plano en la tragedia de nuestro país
—me refiero, concretamente, a este Pancho Cortina y al viejo Olóriz.

Respecto del primero, la actitud de doña Loreto es casi por completo negativa: rezuma anti-
patía. ¿Por qué? Pues, si no estoy muy equivo-
cado, por contagio de mi tío Antenor, quien no
dejaría en vida de haber transparentado —él era
transparente— algunos sentimientos de recelo y
despecho —muy justificados, desde luego— ante
la carrera demasiado rápida del joven *parvenu*.
Parecería que las cónyuges, aun aquellas que de
otras cosas no entienden ni les importa, eso en
cambio lo huelen de inmediato, pues se apresuran
a tomar posición, muchas veces a ultranza y con
indiscreto exceso; y asombra la cerrada solida-
ridad que en tal punto establecen con su marido
mujeres que por lo demás les son desafectas y
aun hostiles. No diría yo que fuera este el caso
de Loreto con mi tío Antenor, pero ¿por qué de-
testa así a Cortina? El despecho y el recelo del
difunto estaban, como digo, harto justificados;
pero tampoco tenía él demasiada viveza de carácter, ni desde luego la bastante imaginación para
anticipar los sinsabores que la muerte vino oportunamente a ahorrarle. En realidad, uno de ellos,

y no minúsculo, fue lo que se la produjo; las
memorias de Tadeo ilustran sobre el caso: por
ellas sabemos el disgusto enorme que a mi pobre
tío le ocasionó la incalificable desconsideración
del presidente decretando el ascenso de su pani-
aguado sin tan siquiera haberse tomado la molestia de advertir a quien, después de todo, era el
ministro de la Guerra. Antenor reventó, como
quien dice, del puro berrinche. Y mayores le espe-
raban, si no se despide a tiempo de esta perra
vida. Ya se vio cómo, apenas fallecido el general
Malagarriga, en lugar de sustituirlo en la cartera
de Guerra, dividió Bocanegra el ministerio en tres
subsecretarías independientes, confiadas a sendos
coroneles de las respectivas armas, y todavía creó
otra subsecretaría —independiente también: la
Subsecretaría de Orden Público— para Pancho
Cortina... ¿Quién no iba a darse cuenta del camino que las cosas llevaban? No sugiero, ni por
mientes, que Loreto se diera cuenta; pero las
mujeres todas tienen un olfato muy fino para de-
tectar la fase de pugna personal en cualquier proceso; de modo que, sin saber a punto fijo el motivo, bastaría la preocupación de Antenor para
que ella decidiera abominar a Pancho.

—A Pancho, yo estoy casi seguro, tía Loreto, de
que doña Concha se lo tenía también conchabado
de alguna manera que a lo mejor ni usted misma
conoce. Esa llamada telefónica con palabras medio envueltas ¿no es ya bastante sospechosa? Luego está el hecho bien extraño de que el disparo
de Tadeo sonara después de haber anunciado ella
el asesinato... En fin, no me gustaría hacer juicios temerarios, pero tampoco pondría la mano
al fuego... ¿Quién dice que esa desdichada señora, aterrorizada tal vez con los mensajes de ultratumba, no armó ella misma la trampa en que
fueron cayendo todos, uno tras otro, e incluso...

—sugerí para, al excitar su animadversión y su amor propio, hacerle que hablara.

No rechazó de plano mi insinuación, pero la ofendía, visiblemente, el supuesto de que ella pudiera ignorar algo; la ofendía, tanto más al tener que admitir... En fin, las arruguitas de su boca embadurnada trazaron una mueca de reproche retrospectivo hacia su íntima amiga.

—Era tremenda Concha —reconoció. Pero no pude sacarle otra cosa, quizá porque en efecto se le habían escapado las mejores.

Como recurso postrero, le planteé con toda claridad:

—Vea: mi teoría es que doña Concha, fuera de tino, repito, con el susto que los espíritus le habían metido en el cuerpo, resolvió, ya a la desesperada, acabar de una vez con el marido y con el amante, con Bocanegra y con Tadeo; y a tal fin negoció un contubernio con Pancho Cortina, que es un desalmado, para que éste se alzara con el santo y le dejara a ella siquiera parte de la limosna. ¿Qué le parece, tía Loreto?

Loreto me miró con los ojos atónitos, y meneó la cabeza. Jamás le había pasado por ella cosa semejante. Bueno, ¿a qué insistir sobre el punto? Continué:

—De modo que si no es por la casualidad de que el diablo se enredó en su propio rabo; o sea de que Pancho rodó escaleras abajo y se partió el coco, ahora sería él, a lo mejor, el primer damo de la República.

Le eché una mirada, espiando su reacción; pero la reacción fue nula. De modo que, en vez de mencionar, como traía pensado, el rumor corriente ya —hasta Sobrarbe lo conocía— de que uno de los triunviros, el sargento Falo Alberto, le había lanzado un cable a su antiguo jefe, aún hospitalizado, y de que estaban ambos en recados y tratos secretos, pasé adelante, y proseguí:

—Tendríamos un dictador quizá, en lugar de la Junta que hoy nos gobierna —agregando—: Más vale así, ¿verdad, tía Loreto?, para nosotros. Siempre es una garantía que los miembros del Triunvirato sepan escuchar a personas de seso y de experiencia, como por ejemplo nuestro señor Olóriz.

Ella sonrió. Ya estábamos sobre el tema. Al comienzo de mi visita había tenido yo buen cuidado de recalcarle que era el viejo Olóriz quien me había proporcionado sus señas actuales o, mejor dicho, el número de su teléfono. Ahora asumí un aire meditabundo, y reflexioné con morosidad: ¡Qué vueltas tiene la vida, a veces, tan extrañas! ¡Pensar que un hombre pueda alcanzar la edad provecta sin que las circunstancias le hayan brindado jamás su verdadera oportunidad; pasarse la existencia entera trampeando, sin poder desplegar sus magníficas facultades innatas, para que luego, muy a deshora, cuando ya apenas si puede disfrutar de ello ni casi moverse de su asiento, venga a caerle de pronto entre las manos un poder tan desmesurado como el que ahora detenta el señor Olóriz!

Mi reflexión no era improvisada, ni tampoco fingida, si se quita la modulación particular que uno imprime a sus pensamientos en atención a la persona con quien habla. Era sincero; pues la verdad es que nunca se sabe; nunca sabe uno nada, ni de los demás, ni siquiera de sí mismo. Puesto en tal o cual coyuntura, cualquiera es capaz de darle una sorpresa al lucero del alba. ¿Quién hubiera pensado que este inmundo carcamal, este venerable anciano, el señor Olóriz, desde su butaca de valetudinario iba a estar en condiciones un día de divertirse jugando así con la suerte ajena?... Aunque sea volver al tema de la suerte —la de él, la de los demás, y la de todos—: es evidente que si a Pancho Cortina no

se le ocurre caerse escaleras abajo, a esta hora
su sonrisa de dentífrico luciría en el marco de los
retratos oficiales en lugar de la mirada bocane-
gresca que aún pende, interina, en el testero de
muchas oficinas públicas, aunque haya desaparecido ya casi por completo de mercados, tiendas y
bares. Y el viejo Olóriz continuaría entregado a
su oscura profesión, ahí en los fondos de su casa,
tal cual yo lo había conocido tiempo atrás, y como
lo conocieron también cada uno de los tres orangutanes que integran hoy el directorio o triunvirato: frotándose las manos de gusto y de maña,
muy complacido en mangonear esa turbia provincia subterránea de los servicios especiales, que
le proporcionaba dinero y otras satisfacciones menos comensurables; pero insignificantes después
de todo; un sujeto anodino, despreciable para
muchos; a lo sumo, pintoresco, y un poco irritante, pero nada más. ¡Y éste es el hombre terrible de cuya boca desdentada, de cuyos labios
flojos, de cuya lengua vacilante, de cuyo cerebro
turbado cuelga hoy el destino de todos nosotros!

Esperaba yo que su sobrina, mi tía Loreto, cuya
influencia lo había colocado al comienzo del régimen en un puesto que tan estratégico iba a
resultarle, ofrecería ahora a mi voraz curiosidad
de historiador algún dato, algún antecedente, un
rasgo retrospectivo siquiera, que iluminara el hecho tan inesperado de su tardía vocación de poder. Pero ella no quiso; se mostró reticente.

—Yo no veo que ese poder sea tan grande, Pinedo —respondió con ingenuidad a las pondera-
tivas reflexiones que yo había avanzado.

¿Se hacía la tonta? O quizá era que ni aun
ella medía la magnitud de la siniestra influencia
desplegada a la chita callando por su pariente.
A lo mejor, si a él mismo se le pudiera plantear
semejante cuestión, se mostraría sorprendidísimo:
¿qué poder? Era verdad: había ayudado a los

bisoños gobernantes del pueblo con algún consejo
que ellos estimaron en más de lo que valía; la
casualidad quiso que fueran antiguos «clientes»
suyos, y que se fiaran de él, reconociéndole una
autoridad sólo debida a sus muchos años. Y luego, pasadas las jornadas primeras tras de la muerte de Bocanegra, en las cuales el desorden re-
volucionario cubría, amparaba y cohonestaba la
satisfacción de los más impacientes rencores,
cuando ya la violencia entró en las vías de la costumbre, ¿qué de extraño tiene que, por virtud
de la costumbre misma, la oficina de Olóriz se
convirtiera en cuartel general del asesinato organizado? Si la función crea el órgano, también el
órgano puede crear la función... Por lo demás,
el viejo nunca había abandonado su actitud reticente de esfinge decrépita; nunca se estiraba a
dar órdenes, y en eso residía precisamente el secreto de su arte; quizá aquellos famosos consejos tampoco habían pasado de ser ambiguas y
malvadas insinuaciones: no sé. Pero en este otro
asunto específico de la seguridad pública sé muy
bien, en cambio, que, como un hurón en su cueva,
aguarda él que vayan a buscarlo, a sonsacarle
nombres, a arrancarle sugestiones; y sólo después
de muy rogado se aventura a expresar cuán prudente sería, en circunstancias tan delicadas como
las actuales, no perder de vista a Zutano, o a
Mengano. Con lo cual basta para que, a la mañana siguiente, ya Mengano y Zutano hayan dejado para siempre de constituir objeto de preocupación pública... Es un deporte, una cacería, casi
un vicio... ¿Qué le importa al tirador la congoja
de la pieza? La cuestión es tener piezas sobre
qué ejercitarse; nada más. Hasta he podido pre-
senciar un día que la crapulosa esfinge susurraba
el nombre de cierto comerciante fallecido hacía
dos o tres años; y al darse cuenta por la estupefacción de quienes aguardaban su sentencia y

comprender que había flaqueado, protestó que él estaba demasiado vejo, y no sabía lo que se decía, y se había confundido, y equivocaba los nombres; que, por favor, no le hicieran caso, pues a quien había querido aludir, claro está, era a Fulano, el cuñado del otro; no, no —rectificó todavía—, a Mengano, su hijo; no me hagan caso; ay, no me pregunten, ya estoy demasiado viejo... ¡Con tanto mayor celo obedecen entonces sus indicaciones y siguen sus caprichosos rastros!

En estas condiciones, ¿cómo no comprender, y perdonar —pues la necesidad carece de ley— que cada cual, si no encuentra modo mejor de proteger su pellejo, trate de disimularse entre la jauría, en evitación de que, un día u otro, a falta de más apetecibles piezas?...

## Treinta

—¡Ay de mí! ¡Ay de mis proyectos, de mis glorias de historiador! ¡Pinedito infeliz! ¡Cuántas ilusiones vanas te hacías! Y ¿sobre qué base? Castillo de naipes: ahora, todo se viene a tierra; todo se acabó. Despídete; no tienes remedio.

Hasta hoy, aun viviendo en medio de tantos horrores, los peligros que amenazan a uno eran en cierto modo imprecisos. También en épocas normales vive uno tan tranquilo, no obstante saber que la muerte lo aguarda, y quizá a la vuelta de la esquina. Pero ahora ya es diferente. Ahora ya conozco cuál es mi cáncer, qué pistola me apunta. Por sorpresa, me lo ha mostrado el viejo Olóriz. Después de una larga conversación a solas, durante la cual me pareció encontrarlo especialmente afable, y desde luego muy interesado en mis opiniones y noticias, de pronto, cuando me disponía a despedirme, deja caer, como quien no le da importancia alguna:

—Oye, Pinedo, dime una cosa —así, tan hipócrita, como si de repente se acordara—, dime: ¿qué documentos son ésos que tú te agencias? Me he enterado de que andas a la caza de datos que nada te interesan. ¿A quién le vendes tú esos papeles?, dime. Porque tú tienes mucho dinero.

Sentí que el suelo vacilaba, que las paredes y el techo me daban vueltas. Sólo pensé: ¡Sobrarbe! Tan de improviso me tomó aquello que no supe reaccionar con inteligencia, contestarle con naturalidad, mantenerme sereno. Hubiera debido decirle, sencillamente, la verdad; y se la dije, claro; pero después de haberme azorado como un imbécil y de ofrecerle un espectáculo aflictivo. Luego, el muy ladino asentía a mis explicaciones con movimientos de cabeza, mientras sus ojuelos disimulados lagrimeaban de la risa. Preferí referirle, ce por be, sinceramente, cuanto había ocurrido; recordé mi necesidad, el pobre estado de mis finanzas en estas circunstancias críticas; le aseguré que el dinero de Tadeo —sobre todo, la parte de él que yo había retenido— era una cantidad ridícula, una verdadera miseria; y, en fin, le prometí llevarle todo, dinero y manuscrito, para descargar mi conciencia, y que él dispusiera.

—¿Yo? —me miraba con ironía aviesa—. No, hijo; yo no.

He regresado a casa con la muerte en el cuerpo; se comprenderá. Y ahora, después de garrapatear estas líneas (¡ya estoy yo como el Tadeo Requena!; pero es que, no siendo fumador, sólo el escribir me ayuda a tranquilizar los nervios); y ahora, más calmado, digo, trataré de concentrarme, reflexionar, y ver lo que hago, dónde me meto, qué se me ocurre.

Una cosa se me ocurrió, y la he puesto en práctica inmediatamente. Pensé primero refugiarme bajo las faldas de mi tía Loreto; pero esto ha sido mucho mejor. De regreso ya, veo que la idea, aunque arriesgada, era magnífica.

Tuve que esperar —¡con cuánta inquietud!— hasta que dieran las dos y media de la madrugada y, entonces, he marcado en el teléfono el nú-

mero de Olóriz para insinuarle en tono de misterio
y mediante cautelosos circunloquios que le debía
comunicar algo de importancia suma; algo rela-
cionado con cierto jefe superior, no precisamente
del ejército, pero sí un alto oficial, ¿me entendía?
Bueno; algo cuya urgencia era tal... En fin, señor
Olóriz...

El viejo zafado me contestó con mal humor
que me dejara de chismes a esas horas; que él
nada tenía que ver con todo eso, y que... Lo
atajé:

—Perdóneme, señor Olóriz; tiene que ver más
de lo que se imagina; y no me haga arriesgarme;
le digo que le interesa demasiado. Mire: se trata
de una cuestión, ¿cómo le diría?, de vida o muerte. De vida o muerte para usted, ¿me entiende?

—Había que tirarse a fondo; si no...

Conseguí alarmarlo; en fin, lo puse sobre ascuas. Y dado que por teléfono era imposible que
le dijera más, quedó aguardando con impaciencia, en el porche mismo de su casa, mi sigilosa
llegada.

No tuvo que esperar mucho; ni media hora
tardé en estar allí.

—¿Eres tú, Pinedo? —me susurra.

Las ruedas de mi sillón son bien silenciosas. Me
acerqué.

—Sí, aquí estoy ya. Pero, vea, señor Olóriz,
ahora pienso que a lo mejor lo he asustado por
una bobada, no sé; usted mismo juzgará. —Arri-
mé mi sillón al suyo—. De todas maneras —agregué— en los tiempos que corren hay que estar
alerta, y bien al tanto de todo. —En seguida,
cambiando de tono, exclamé—: Cuidado, cuidado,
señor Olóriz. Estese quieto, no se mueva. Inclí-
nese un poquitín, que tiene una avispa en el
cuello.

Me entregó la garganta el incauto, y aquello fue
cuestión de un instante nada más. Un solo ins-

tante; y, sin ruido, su alma canalla se precipitó a los infiernos.

Aún no me explico —la verdad— por qué se me confió así. ¿En tan poco me tenía? Yo había resuelto jugarme el todo por el todo, y la jugada me ha salido bien. Con diligencia, hice girar las ruedas de mi sillón, y acabo de reintegrarme a casa. Mientras recorría las calles todavía oscuras y dormidas, venía muy contento: madrugar es sano, ya me lo decía mi abuela... Ahora ya estoy a salvo.

¡Pinedito, eres grande! Dentro de pocas horas, cuando se difunda la noticia de que el viejo Olóriz ha amanecido estrangulado en el porche de su casa, la ciudad, y el país entero, respirarán con alivio, aunque por el momento nadie sospeche de quién ha sido la mano bienhechora y libertadora que le puso el cascabel al gato; cuál es el nombre del ciudadano benemérito a quien algún día deberá levantar una estatua la nación, reconocida.

# Indice

Una colección para todos, cuidada, económica y variada

*   Volumen intermedio
**  Volumen doble